U0621505

나는 죽을 때까지 재미있게 살고 싶다

我至死追求生之乐趣

WO ZHI SI ZHUIQIU SHENG ZHI LEQU

[韩] 李根厚 著
吴赤潮 译

黑龙江朝鲜民族出版社

2014 · 哈尔滨

黑版贸审字 08-2014-071 号

图书在版编目(CIP)数据

我至死追求生之乐趣 /(韩) 李根厚著 ; 吴赤潮译. --
哈尔滨 : 黑龙江朝鲜民族出版社, 2014.8
ISBN 978-7-5389-2036-9

Ⅰ. ①我… Ⅱ. ①李… ②吴… Ⅲ. ①散文集－韩国－现代 Ⅳ. ①I312.665

中国版本图书馆 CIP 数据核字(2014)第 195515 号

书　　名 /我至死追求生之乐趣
著　　者 /[韩]李根厚
译　　者 /吴赤潮
责任编辑 /金洪昌
责任校对 /余志方
封面设计 /吕彦秋
出版发行 /黑龙江朝鲜民族出版社
发行电话 /0451-57364224
电子信箱 /hcxmz@126.com
网络出版支持单位 /东北网络台（www.dbw.cn）
印　　刷 /牡丹江新闻传媒印务有限公司
开　　本 /880mm×1230mm　1/32
印　　张 /9.5
字　　数 /200 千字
版　　次 /2014 年 8 月第 1 版
印　　次 /2014 年 8 月第 1 次印刷
书　　号 /ISBN 978-7-5389-2036-9
定　　价 /35.00 元

序：你想怎样“上岁数”

中国有句老话说“画龙画虎难画骨，知人知面不知心”，这是讲，社会学意义上的人心难测。从医学的角度讲，精神科医生可以说就是检测人心的职业，精神病患者的内心同样是难测的。也许是因为我做了五十年的精神科医生，周边的人就常说我洞悉人心，通达人生。而且耄耋之年飘着鹤发，忙忙碌碌，又颇有风姿，又加深了这种误解。人们很想从我这里讨到能够过好人生的秘诀，但是我的回答从来都是那么乏味。间或有人会问：“你怎么开始一日之计？”意思是向你讨教怎样把普通的日子开启得跟别人不一样。我就这么回答：“早晨睁开眼，我先打开电视。我也想赖床多睡一会儿，而且一天要做的事情压得我实在不想睁开眼睛。但是听着新闻，也就渐渐醒了过来。然后，忙着做好出门的准备工作，心情不知不觉就轻快起来。‘一天终于开始了’，我为此庆幸和感恩。”

我已经是八十在望，单调重复的日子里依然潜伏着人生的种种不确定，而我努力拒绝在积习中度过平庸的一天。这就是我的坦率的告白。关于上岁数的问题，人们的提问基本上都一样："上岁数有什么好处？"我回答："上岁数还能有什么好处？没有任何好处。"

普通人老之将至，因平生养育子女攒下的钱也不多，健康也大不如前。生物学意义的老化和社会学层面的衰弱，面对未来的不安和无力感，加上对死亡的恐惧，我于是回答"没有任何好处"。但是我的回答并没有结束，我接着说："上岁数对谁都不好，可是谁都无法避开，是必须接受必须经过的人生驿站。与其徒劳地寻找上岁数的好处，不如努力去找对上岁数有好处的事、有趣味的事做做。这个心态很重要。"

我作为精神科医生退休后，多个社会和学术团体想赠我名誉头衔，都被我拒绝了。上岁数的一个明显的好处，就是不用再看别人的脸色。相比名誉和金钱，我更愿意选择义务和乐趣。

回想起来，我在年轻的时候无论做什么都想追求乐趣，但不是只挑有趣的事情来做，而是让该做的事情变得有乐趣。我一整天地闷在不过十几平方米的诊疗室，倾听患者们从自闭的世界倾吐出的苦痛和悲伤的故事，我的身心在黯淡中如同铅块一样沉重起来。我饱受着我无法让患者完全康复这一事实的折磨。我一旦有了一个新想法，就努力实践于患者身上，哪怕好转一点点。有了新想法，新点子也跟着冒出来，我便很快付诸实践。我把精神科封闭的病房改换为开放式的，又尝试了可让患者倾诉内心的“心理剧”集体疗法。一些患者有心理疾患，但身体健康，于是我就为他们开设了健身房。在操办这些事过程中我感受到了乐趣，身心愉快起来。我总结这些做法，一言以蔽之，就是“快乐地坚持”，这让我得以在五十年精神科医生的生涯里身心没有被环境的负面影响所击倒，相反，却从中体悟到了乐趣。正如罗素所说：“趣味的世界越宽，幸福的机会就越多，可以少受命运的支配。”

因为平生追求乐趣，上了岁数后我仍可以过快乐的日子。我近来最有乐趣的事情就是玩电脑。我利用电脑进行精神科相关的教育和咨询，还在一个网站每天更新我小时候的故事，以便向网友们提供理解儿童期情感的资料。看的人都说很有趣，但真正感到乐趣的人是我。我还利用电脑和年轻人自由自在地交流，我感到我的年龄在向他们靠近。

此外，每天到离家一小时路程的北岳观光道漫步一个来回，每年访问一次我曾从事医疗援助三十多年的尼泊尔，每月参加一次诗歌朗诵会，去光明保育院和孩子们玩耍——我在这家孤儿院已经做了四十多年的义工，每周末轮流和四个子女的家庭共进晚餐，不打招呼就拜访想见的人……如果你正在读这段文字，可能会羡慕我的老年生活。但这并不难，无论是谁只要下定了决心，就能找到生活中属于他的乐趣。

当然，这些乐趣和年轻时候的乐趣的确不一样。如果喜好一辈子没有变过，这本身就很没趣。在我这个岁数，以我现在有的条件来享受乐趣，这才是真正的乐趣。如果年轻的时候登山有趣，那么老了遥望远山亦可有趣。如果沉湎于年轻时候的乐趣，老年就太不幸了。活在当下，寻求符合自己的乐趣，这才是正确的“上岁数”的方法。

最近电视上经常讨论老龄化问题，担忧社会财政不堪承受。这些讨论营造了没钱的老年生活既痛苦又绝望的氛围。经济上做好充裕的准备确实有必要，但也要充分思考关于“上岁数”的价值与意义。从年轻人到中老年层，应该好好学习和体悟“我应该怎样上岁数”。只有通过这种认真的思索，才可以真正不惧怕“上岁数”，并理性而充实地活在当下。

考试、就业、结婚……人活一世，一路走来要经过种种考验，但从来都是疏忽于做“上岁数”的准备。“上岁数”是必须提前学好的人生课程，即使“学”好了一旦到老也难免惶惑和失落，如果“上岁数”后才开始学，真是有些晚了。

我作为一名精神科医生，倾听过无数人的故事。有精神疾患的人有一个共同点，就是听不进他人的话。我默默倾听着他们的故事，耐心地等候我可以说话的机会。只要他们终于肯听我说的话，治疗的大门就等于开启了。我倾听了一生，现在该轮到我讲故事了。虽然只是一个普通老年人的故事，但还是有值得一讲的内容，而且我也可以抖落掉一些人生遗憾。如果我的故事可以成为人生课程的学习资料，让人们思考怎样“上岁数”，那我就无比高兴了。

李根厚

写于 2013 年 2 月 凌晨

目录
CONTENTS

Chapter 2
不要这么上岁数

Chapter 3
如果我不惑之年 知道这些多好

Chapter 4
人是靠什么生活

Chapter 5

如果你站在人生新起跑线上
当下就是人生的黄金期

Chapter 1

我至死追求生之

乐趣

从生到死，每一个刻度都充满了乐趣，

都有属于那一刻的，那一时节的乐趣，

如果懂得了，人生就没有虚度。

你为什么感到失落

早晨看到太阳

夜晚看到星星

所以我幸福

入睡了

早晨能醒来

所以我幸福

悲和欢

还有爱情

我的心能呵护你的痛

所以我幸福

——金寿焕［韩国］《因为我们相爱》

一位白发的老绅士这样对年轻人说：“上岁数看看，很有意思的。”

年轻人讨厌长岁数，排斥老年的晚景，但是老人仍想对年轻人说："上岁数的过程实际上很有趣。"

确实，追寻从生到死的人生轨迹，哪一个年龄段是无趣的呢？当然，二十岁的乐趣和四五十岁的乐趣完全不一样。也正因为不一样，所以更特别，才更有价值。如果不懂得这个道理，仅仅拿现实与过去进行比较，那我们只能一生都活在追悔之中，使人生充满悔恨，觉得从没有真正地活过。应该说，人生每一个阶段都有属于那一刻的，只在那一时节才能感受到的乐趣。如果懂得了这个道理，人生就算没有虚度了。

依据古老的阴阳学说，即老子所云："万物负阴而抱阳"，世上万物都有阴和阳。有光明，就有黑暗；有好的一面，就有坏的一面。如果只想童颜永驻，抓住热情和能量不放，无节制地挥霍，反而会毁掉青春。如果欣然接受老迈，伴着岁月自然而然地老下去，就会散发出如陈酿美酒一般的醇和之气。

曾经好的，不可能永远好下去；曾经坏的，也不会一路坏到底。我们必须学会包容，而不是只偏向好的一面。有短处，就努力去弥补；有长处，就保持和发扬，为人生助力，为生命添彩。这个过程就是不断滋养正气，抑制负能量的过程，也是人生快乐的一个法则。

步入中年，遥望老年。这个时候，关键在于能够明辨上岁数的好处和坏处。上岁数确实有坏的一面，其中最坏的就是身体的老化。事实上人老了，健康只会变坏，不可能变好，这是自然规律。这是人人懂得的道理，但是当这个规律出现在自己身上时，却不那么容易接受。虽然嘴上承认，但是内心的一个角落始终藏掖着“我可能不一样”的侥幸念头。如果抓住这个念头不放，那只会助长失落和悔恨。应对老化，即身体的变化最好的方法就是顺应，即中国道家讲的顺乎自然。艺人金惠子曾经这样说：“最不方便的是想看书时必须戴上花镜。我埋怨上帝就这点考虑不周，为什么非要让我眼睛变坏呢？我就仔细想这其中的道理，后来想明白了。如果老了还读书，领悟的东西就会越来越多，就不免又想抢跑人生。上帝是想让我安静地待在后面享福，所以让我眼睛变坏了吧。”

金惠子的这一席话，正如她恬静的微笑吹暖了心扉。如果有了这个态度，衰退的听力和视力就不再是障碍，就可以心安理得地戴上助听器和老花镜吧，而且努力地辨听和认真地细看，发现年轻时不曾留意到的人和事，这反而是意外的收获。

上岁数让人害怕的另一个原因是记忆力衰退带来的脑力

低下。忘掉种种约定和家务事，不知道钱包和钥匙放在哪里了，这时不免会自嘲“真是老了”。如果这种“自嘲”总是挂在嘴上，不知不觉老得就更快。

我仅仅是因为忘记小手册放在西服兜儿里了，就吃了不少苦头。而且经常是今天不记昨天的事情。一开始我受到的冲击也很大，为了回想一天所忘记的事，我承受了很大的压力。现在我是满不在乎了，我想通了大脑几十年来一直在记忆、记忆，容量可能已经满了。大脑可能自动处理掉那些不必要的记忆，并且不允许再输入过量的信息。想到这里我就心安理得了。

人老了大脑就运转不快了，动作也变得越来越迟缓了，这是自然的。但有一点是值得骄傲和自豪的，即不像年轻人那样冲动，这是上岁数的美德。不妨想一想，上岁数后该做的事少了，来找的人也少了，就没必要着急忙慌的。无论你怎么慢腾腾，也没有人来催促，完全可以悠着来。说实话，上岁数后拥有的最大“财产”就是时间。

不久前碰到一个熟人，他很失落地说：“上岁数后吃东西，尝不出味道了。”他为了找回以前的口味吃遍了全城的餐馆，均不是原来的味道。一日三餐吃了一辈子，最后舌头闹罢工了。我安慰他说：“这是老天在提醒你，应该用别的办法来体悟人生的滋味，而不是用舌头了。”

还有人抱怨说：上了岁数后，也就有个免票坐地铁的好处。他的意思是说，老年人获得的待遇应该再多一些。而据我所知，只有在韩国老年人可以免票坐地铁。加上博物馆门票减价等种种优待，只有在韩国老年人获得的实惠还是很多的。上了地铁，年轻人都会让座，从来不用担心座位，地铁就等于是自家的轿车了。

如果不为上岁数而失落，被抑制的幸福感就会立刻得以显现。过去在生活中不曾有的经验和体会，如今都充满了新的惊喜和感动。环顾身边就会发现俯拾即是的幸福和乐趣，一味自怨自艾，剩下的时日也只能在有气无力的忧郁中度过。

上岁数的好处是生活变得单纯而单调了，责任和义务也相对少了。有了充裕的时间，耐心就得到了加强，感情也变得更丰富细腻了。过去因为太忙没有去做的事儿，现在可以一个一个地做来试试，此中必有久违的乐趣。如旅行、撰写文章，或者学习演奏一件乐器。即使进步很慢，也没有人会说什么，反而会来祝贺你有了新的开始。上岁数后不妨去做需要花大量时间的事情。哪怕做不好，反正时间充足，可以耐心地等待和迎接一个新的“我自己”。

最近，我每天早晨一睁开眼睛后，都会感到一阵惊奇。

我身边有不少熟人都是在夜晚睡眠中过世的，我也没有向任何神明预约明天必定能醒过来。所以每天早晨一睁开眼睛，我就首先大呼“快哉！”。因为我在这睁开眼睛的瞬间体会到了生与死的神秘感。

我在年轻的时候，从来没有体会过这种神秘感。每天早晨只是机械地醒来，接着就开始了一天的工作日程。而现在我生物学意义上的“生命”所剩不多了，所以对每一个新的一天都充满了喜悦，我在每个早晨都会感到一种特别的幸福。日本诗人小林一茶有俳句云：“多么幸运啊，今年也被蚊子叮。”这正符合我此时的心境。

不要为一年长一岁而失落，更不要埋怨还没活够就已经老了。不管别人说什么，自己都应有自己的定力，应该自豪地承认自己能活到现在，而且做了很多事，也享受了人生的许多乐趣，已经知足和欣慰了。如今，我这个岁数上最重要的是尽情地找到我能够享受的乐趣。如果我只是耗费大量的时间去思考人生，那么在这一刻我的许多幸福就会悄然流逝。

几度濒临生死关后所悟到的

我相信奇迹。我还知道只有那些能克服自己的极限，虔诚许愿和祈祷的人，才会被许以奇迹。要谦逊，决不能贪婪，也要懂得舍弃。

——严弘吉［韩国］(登山家)《没关系，毕竟还活着》

在青春期时，我的个头儿已经超过了1.70米。但只是个头高，拖着的是病弱的身体，就是在大夏天我还要穿着长袖衣服。而且我还不懂运动，妈妈怕我出什么事，从小就不让我靠近水，所以直到现在都没有学会游泳，我最多也就是在梦里扑腾几下而已。我还曾被身体很棒的街头流氓拦截过几次，尝到了没犯什么错还要讨饶的耻辱。

在上高二的时候，家境急转直下，别说上大学，连吃饭都成了问题。我只有考虑放弃了上大学。妈妈从我的脸上大概读到了什么，有一天妈妈忽然对我说：“没米的时候，不要去看米仓。”

已经知道没有米了，就没必要再盯着空米仓发愁了，发愁也解决不了任何问题，妈妈是想告诉我这个道理。

我从小就命途多舛，战争、穷困、疾病、天灾、事故，好在危急关头我都躲过去了。五岁时因为伤寒几乎死过去，日本侵略者在小学生中抽调神风少年兵时，我因为只有十一岁被排除在外。那些在学校和我玩耍的，仅比我大一岁的孩子们被日本强征神风少年兵，参加战争去的再也没有回来。少年兵们被征调时，“天皇”赐了一把日本军刀，这就是一条生命的全部报酬。少不更事的我，当时是那么羡慕日本军刀……后来回忆起来，还真挺后怕。

现在回想起来，我能一次次度过生死危机，必然背后有看不见的力量在起作用，不然我不可能每次都幸运地存活下来。妈妈说，这是祖先在保佑，或许这也是对的。妈妈为我祈祷，冥冥之中希望列祖列宗的神灵保佑我逢凶化吉，遇难成祥。这当然不是科学的思考方法，但是全部归于偶然也显得很勉强，总觉得欠缺点什么，从这个意义上讲，只能像妈妈那样来解释。

上大学时，还发生过这样一件事：有气象观测以来的最大台风“莎拉”来临，在韩国死亡和失踪人数超过八百人，灾民人数也已达到三十七万以上。如此巨大的台风经过朝鲜半岛时，我正在驶往独岛的船上。七十吨的警备艇在暴风雨中像落叶一样颠簸，巨浪卷来时人们不由得发出一片尖叫声，接着被淹没在汹涌波涛之中。这时，我却在船舱里睡着了，那是因为我晕船。其他人都为了保命在惊慌和恐惧中祈祷，我却昏昏地睡过去了。因为怕有翻船的危险，才有个好心的船员叫醒了我。

“请问这位，你会游泳吗？喂，到底会不会呀？”

我勉强睁开了眼睛，了解了所处危险的大概状况后，却没有惊慌失措的感觉，可能是因为我的困意太浓，或者是因为晕船的缘故，我的脑子还是没法清醒起来。

“我，我不会游泳……”说完，我倒头又睡了。如果翻船，我肯定会淹死的。“管他呢！”我有自暴自弃的心情，其实，惊慌恐惧都无济于事。既然遇上了就要积极面对，不怕也得过，怕也得过。那害怕什么呀，俗话说，既来之，则安之。所以我睡着了。当我再次睁开眼时，风浪已经小了许多。如果我一直醒着，可能会陷入濒死的恐慌状态，也许会在莽撞中落入水里。其实面对具有不可抗拒力的自然现象时，闭上眼睛，选择了顺应，也不失为一个合理的选择，结果危机反而过去了。这时我领悟了“力有不逮，要顺着来”的道理，也懂得了妈妈所说的“不要去看米仓”的道理吧！

和我年龄相仿的同辈人，基本都经历过三次以上生死考验。听着他们的故事，我觉得他们所经历之事都和我经历的差不多。或者应该说，所有人都是经历过无数的经历和考验活到了现在。现在世道这么好，人们还是间或经历着“差一点出大事”的险境。闯过了几次生死危机后，我有了“人生已经赚了”的想法。所以每次遇事我都体会到了知足常乐，很少后悔。这就是我可以幸福的一个秘诀。

几年前，我因心血管梗塞动了大手术。这是生死各占50%的人生大岔道，结果我还是活了下来。可以说我的人生又赚了一次。当然，到最后我赚来的都会花光，但我会认真地活到那一天。我现在年老体衰，病痛缠身，但是活着总比死了要好。我仍然活着！这便是幸福的存在。

既然感到孤单，为什么不动起来?

没有浪费的人生，我们所浪费掉的时间，就是孤单中度过的时间。

——米奇·艾尔邦［美国］（作家）《在天国碰到的五个人》

一家报社采访我和我的妻子时，妻子是这样介绍我的："无论遇到谁，他都感兴趣。碰到一百个人，就对一百个人感兴趣。"我仔细想了想，的确如此，妻子看我的确很准。哪怕是只见一面的记者，我也会问清楚名字、年龄和兴趣等，而且还都要记录下来。

2013 年 2 月临近春节，按约定我要拜访住在停战线附近涟川的崔五钧先生。他快六十岁了，十多年前我和他一起前往尼泊尔从事医疗援助。寒冷的天气持续了好几天，但我还是决定去涟川。当然我也可以等到天气转暖，或者开春再去。我现在有"老人"的特权，即使违约了人家也不会说什么。可是崔五钧先生住蟾川江时我就和他说好了要去拜访他，如果失约，我因为老了而无原则地自己原谅自己，就会养成坏习惯，以后可能还会爽约。

崔五钧先生担心我吃不消五十年来的最冷天气，言下之意就是可以推迟来访。我说多穿几件衣服就行了，而且我有GPS导航，虽然初次去，也不会迷路。我穿上厚实的外套，戴上俄罗斯冬帽，和一行人一大早就向涟川出发。动身前我打电话问崔五钧先生需要捎带什么，他开玩笑说军粮告罄了。我就买了一袋米和一箱拉面。他住的村子就在非武装地带的边儿上。我以为路上会花上很长时间，但出乎意料很快就到了。我很吃惊停战线原来离首尔这么近，头脑中想当然的东西，和现实总是这么不搭调。

崔五钧先生高高兴兴地迎接我。从他看我的目光中，还有举手投足中都能感觉到他内心中散发出来的快乐。他给我们讲非武装地带的村子里的故事，不知不觉间他就变成了涟川郡的“宣传大使”了。我们围着小桌坐下来，点了“海红炒码面”，吹着滚烫的“海红剥壳”吃。真是吃得热辣辣、汗津津的，和情投意合的人其乐融融地一起吃“炒码面”，真没有比这更美味和快乐的了。

崔五钧先生是为了体弱的妻子才选择了乡下的生活。他的住宅是带有阁楼的二层建筑，条件很不错，他只是遗憾这是别人的房子，只是借住而已。我说："房子归谁所有其实无所谓，正住着的才是主人。"崔五钧先生听了，很高兴地点点头。

我和崔五钧先生因医疗援助而相识，相隔多年后，又在一个隆冬，在一个非武装地带的村子里一起剥海红吃，真是让人很难想象，人与人之间的因缘为何如此奇妙？

吃完炒码面后，我们又到附近的"白咖啡厅"坐一坐。我点了早咖啡。早咖啡是打进一个生鸡蛋的冲泡法，在20世纪60年代很流行。我和妻子还在恋爱的时节，经常去泡一家咖啡厅，而且经常能碰到妻子的父亲。我未来的岳父也很爱喝早咖啡，可惜我当时很穷，未能偷偷地买单。没想到在乡下的咖啡厅，还能碰到久违的早咖啡，这又勾起了尘封多年的记忆，我给崔五钧先生讲述了我那老照片一样斑驳的恋爱时期的故事。

我们一直在"白咖啡厅"叙旧漫谈，直到太阳要落山了我才和崔五钧先生依依不舍地握手告别，驱车于积雪的原野回到了首尔。回到家，我浑身疲惫，但心里却暖融融的。如果因天气不好而闷在屋里，我就会度过留不下任何记忆的一天。好在我下决心动身了，得以和怀念的人叙旧，又追寻到宝贵的记忆，这一天过得太有价值了。

上岁数后，要主动地去看望别人。让老年生活变得最困苦的是孤独感，以致出现了“孤独死”的说法。但是，让人患病和变得不幸的原因只在于孤独这个外因吗？应该说孤单不是健康变坏的直接原因，孤独也没有直接导致人生的不幸。如果害怕孤单，畏惧孤独，就应该努力摆脱这样的状态。如果对这个理所当然的道理都视而不见，只是自怨自艾“我为什么孤独，是不是白活了？”，埋怨没有人来看望自己，我想这才是导致不幸的最根本原因。

消除孤独最简单的方法就是爱其他的人。不必把“爱”字看得太高，太形而上学，爱是从好奇和关心开始的。如果你好奇“那个人怎么回事，在想什么？”，那就是爱。

有一次，正在接受精神科医生培训的弟子问我：“老师，那位精神病患者什么时候可以出院？”对这个问题，有教科书式的标准答案，可是我经常用教科书上没有的标准回答，这次也是，我回答说“如果患者有了爱的能力，就可以让他出院了。”

到精神科医院入院治疗的人，有很多是生活都不能自理的自恋型人格障碍患者。他们有了爱的能力的证据是开始关心身边的人和事，表现出患者希望通过自己的情绪能与身边的人形成一种友善的关系。能做到这一步，这位患者就可以出院了。

爱也是一种能力，它不是生来就有，而是通过领悟和感受，通过学习和实践才能慢慢掌握的。上岁数后如果不想孤独，首先要修炼爱的能力。如果“倚老卖老”，只想得到别人的关爱，只等别人来接近你，那你只能越来越孤独。

作为精神科医生关爱他人，理所当然。但是我的关爱没有只停留在职业层面，而是让我善结人缘，成就学术，继而义务奉献，这在广度和深度上充实了我的人生。我积极地参加家庭研究所、尼泊尔医疗援助、到保育院做社工、举办诗歌朗诵会等社会活动，几十年来我不可能靠一己之力做到这些，正因为身边始终有结成善缘的人，这一切才有可能。

越是上岁数，越需要有关爱他人的心，不要期望别人先来关心自己。我如果想念一个人，会主动联络，然后享受见面的乐趣。如果有人打电话过来希望咨询或见面，我会看着日历合理调整日期和时间，而不是满口答应。我现在这个岁数，要懂得分寸，再好的事也要悠着来，只有这样才能持久。因为日程排得很满，我就没有余暇享受孤独了。

偶尔，当一个人独处的时候，会很没理由地流上几滴眼泪。这是上岁数的人，千般情绪被一滴泪代言的结果，属于自然情感，对此不必忧虑和惊惧。如果孤独感继续掩袭而来，就不要自怨自叹，要立刻站起来去看望想起来的人，哪怕挂一个电话，发一个邮件也可以。听到思念之人的声音，也是很好的慰藉。

不要嘴上挂着“老了，该死了”

一些上岁数的患者，虽然症状并不严重，但喜欢在医生面前诉苦，说自己如何如何疼，细数身体各个部位的痛症，表情很夸张。如果医生不为所动，神情平淡，患者就觉得受了委屈。想想也是，本来就是想博得医生的同情，但是没有得到回应，能不伤心吗？我既是一名医生，也是一位上了岁数的人。所以我的感受更深，而且更真实。

坦率地说，我虽然上岁数了，也不愿听老人们说这儿病了，那儿病了。而且一些老人把“老了”，“该死了”总是挂在嘴上，就算病真的有这么严重，身边的人也很难听得出来。老人究竟在想什么？不到岁数是揣摩不出来的。而让老人准确表达所经历的衰老和疼痛，这似乎也太难，因为这几乎是一个职业医生且达观的理性之人才能做到的事情。

不妨想象这样一个情景，婴儿对妈妈说：“妈妈，您现在很忙，我等会再吃奶吧。我虽然肚子饿，但是可以等。”应该说，全世界不会有这种大人口吻的婴儿，但是偏偏有像婴儿一样的大人。即每事都想用婴儿哭闹的方式得到满足。

把自己的需求和欲望直接表露出来，用诉苦、埋怨、发火的方式要求被关注，结果被晚辈说成“老而不尊”，“像孩子一样吵”。随着上岁数，身体和心气逐渐衰老，这时要警惕自己是不是不自觉地使用了婴儿期的方法。也要省察自己是不是成天无病而说病。而且，真正进入老年期之前，要提前想好老了以后如何表现日常中的疼痛和不适。尤其不要有依赖他人的想法，这才称得上是老而有尊。

我家三代同堂的秘诀

和不在身边的人相比，与你相处的人爱起来始终更难。诸位，爱你的家人吧。

——特蕾莎修女［阿尔巴尼亚］《一起都从祈祷开始》

“叮咚！”我们家的班长发来了邮件。说这周末的家庭聚会准备安排在北约观光道旁的一家西式餐饮店，如果没有异议，就定下来。这家餐饮店的蛋糕是出了名的好吃，我在年轻的时候也经常光顾。显然班长是照顾我有糖尿病，不能吃肉食，有意这么安排的。我立刻说“OK”。

班长是我的长子。倒不是因为他是长子所以担任了班长，我家的规矩是家庭成员每六个月为一期，轮流担任班长。班长的职责是联络和协调家庭成员。班长制度是十年前我们一大家子在一个屋檐下生活时制定并开始实行的。家庭成员包括我们夫妇，两个儿子、两个女儿夫妇，加上孙辈共有十三人。这么大的家庭，估计现在很难见到了吧。

三代同堂十三口人住在一个屋檐下，对此人们的反应并不相同。为什么还搂着成年的子女不放，是不是因循守旧的老顽固？这种反应居多。也有人替我担忧，老夫老妻滋润地单独过日子多好？何必看子女的脸色？也有人想打听内情，这么过真的没有问题？当然，也不乏羡慕之人。

把成家的子女全部聚集到一个屋檐下过日子，是出于很现实的考虑。既能解决照顾上年岁的父母，同时也解决了育儿的问题，其实想出这个主意的是长子。韩国现在虽然严重西欧化，但内核依然是长子为中心的社会，赡养年老的父母，依然是长子的主要职责。如果仅有长子负责，也难以招架得住。这也是我的长子苦恼的一点，毕竟对一个上班族而言，能力是有限的。于是他提议四个兄弟姐妹一起来照顾父母，这样育儿问题也自然而然能得到解决。我的四个子女，夫妻都是职业人，在他们忙的时候就无暇照料孩子。如果家庭成员多了，总是可以互相照料，长子的想法和弟弟、姐妹一拍即合。

我们夫妇和四个子女夫妇都做了认真的考虑，这可不是轻易下的决定。和成家的子女住一块，并不都是好事。不要说父母和子女之间会产生矛盾，加上儿媳和女婿，而且要和孙辈们共同生活在一个空间里，难免会出现很多难以预料的问题。哪怕出发点是好的，住在一起弄不好反而助长嫌隙和矛盾，所以必须深思熟虑。

子女离开父母的羽翼叫作“自立”。我们通过自立，始作为“我”生活。我们把“自立”通常理解为从家里分出来，即物理空间的分离。如果和父母住在同一个空间，自然会受到父母的影响，所以想自立，就必须离开父母。但是，真的只有离开父母才能自立吗？

我想用事实证明父母和成年的子女生活在一个空间下，仍然可以过着各自独立的生活。不是相互成为负担，而是互相给予好的影响和照顾，我要打造一个新的家庭共同体模型。

1980 年出版的阿尔文·托夫勒所著《第三次浪潮》，讲述了关于未来家庭的问题。托夫勒预测未来社会在一个屋檐下会住着大家庭。个人主义极端发展的未来社会，“大家庭”听起来似乎根本不靠谱。但是托夫勒所说的未来社会即指信息化社会，信息化社会的竞争力，取决于一个人所拥有的信息量。托夫勒认为，如果家庭成员间互相交流信息，在多个方面都是有利的。在农耕时代，我们的祖先为了优化结构、发展劳动力（即家庭的生产力）组成了大家庭。在现代社会，信息量相当于过去劳动力的概念。不妨想一想，单人家庭和五人家庭，哪一个更有力量呢？

我决定和子女共组大家庭，心里就有这些想法。和子女共享信息，简单说就是沟通。成年、成家的子女以及父母，现在都不想住在一起，都说分开住才方便。但是有着亲情的父母、子女为什么都不想住在一起，这个问题似乎没有人认真地想过。

在经济上充裕的现代人自我意识很强，不愿受任何人的干涉，甚至把父母的关爱也看作是干涉。为什么不愿受他人的干涉呢？这是因为缺乏沟通能力，即很难与他人沟通和产生共鸣感。沟通能力是在与人的实际交往中积累下来的经验，不是书本或因特网所能教会的东西。

现在的家庭，父母和子女之间，或兄弟姐妹之间都缺乏真正的交流沟通。子女们匆忙地成家分出去，有时家庭成员间来不及敞开心扉就会遇上生死别离。这是很悲哀的事情，这辈子同做一家人必有宇宙层面缘分，但是未能交心就匆匆别离了。

我想，如果我们老两口和子女相互愿意真心沟通，或者愿意为沟通付出各自的努力，重新在一个屋檐下生活就不会有问题。2002 年春，我作为精神科医生想实现家庭共同体的梦想终于实现了，这同时也解决了子女们的现实问题。我们一家人终于重新聚在一起开始了新的生活了。

我们重新聚在一个屋檐下，我向子女们强调说互不干涉主义，要保障各自的独立性。首先，我们决定大家出力打造居住的空间。我拿出了我们夫妇居住的宅地，盖新房子的费用由四个子女从银行贷款（或其他借贷方法）按各自的经济能力筹集，各家庭的居住面积是按各自的需求和能力定，内部构造和出入门径也是按各自的审美取向进行设计。这是为了即使生活在一个屋檐下，也要充分保障各自的独立性。如果搂抱得太紧，弄不好反而会像刺猬一样相互刺伤，这是一定要避免的。

我们还共同承诺遵守互不干涉主义的原则。如果想找某个子女，我只需走几个台阶去敲门，但我一定会先打电话取得许可。同时，我们规定各“小家庭”优先于“大家庭”。我还叮嘱子女们千万不要因为和父母住在一起，就看父母的脸色行事。

还有我们会均摊公共区的电费等共同费用，大家庭聚餐也要提前做好协商。而家庭之间的沟通，主要靠在互联网上接发邮件。其中关于孙子、孙女们的教育问题，主要由父母负责，祖父母只在必要时发表意见。接送孙辈们上学，由我老伴儿，就是奶奶兼姥姥来帮忙，这一规定最受女儿和儿媳的欢迎。

时光荏苒，转瞬间我们作为大家庭已经生活了十年，家庭共同体的实验，毫无疑义地获得了成功。当然，其中最大的受惠者还是我。我年老多病，如果没有子女的照料，我不可能继续在研究所工作，从事社会公益活动，以及开始新的学业。而子女们则获得了安定的居住环境，又在他们子女的教育上得到了许多家庭难以得到的帮助。我的子女分别是大学教授、美术治疗师、牙科医生、心理医生，我们得以分享和交流各自领域的丰富信息和经验，我对这一点最感到满意。我不曾了解的世界，可以通过子女们的眼睛来看。我经常和天文学家的长子进行种种讨论，我用邮件发我的想法，长子就回复他的想法。研究宇宙的天文学家和窥探人心的精神科医生，这是宏观和微观的两个极端，这使得我们的讨论更加丰富和有趣。

而我们取得的最大成果是家人间的沟通。家庭成员间相互信赖和尊重，相互照顾各自的有形、无形的空间，这是我们大家庭赖以建立的牢固的基础。有一次，我老伴儿得到友人馈赠的食品，她既没有简单地均分了送给子女，也没有悄悄塞给她特别疼爱的子女，而是用邮件发公告：现有友人馈赠食品一份，哪家需要请过来拿。

不要断言一家人会因居处狭小而不幸福。中国剧作家白朴曾说："我家并不宽敞，甚至没有多余的居室。但也别说我家很狭隘，因为十口人安居于此。"

可以说，这也是我家的真实写照。我怀抱着所有的子女，我生活得比谁都奢华。

我首先教儿媳说“不”

真正维系家庭的不是血缘关系，而是生活中彼此之间的尊重和快乐。

——理查德·巴赫［美国］（作家）《幻象》

有一次，前辈教授到研究所和我聊天，在场的儿媳忽然接到了婆婆，也就是我老伴的电话。大概是我老伴儿要让她做什么事，儿媳在电话里问：“是吗？这事要做到什么时候？”然后她回答：“妈妈，那样的话我就做不了。因为那个时间我有事。”

等我儿媳离开，那位前辈终于逮着机会说：“我怎么听着你这个儿媳没大没小啊？你管教得可真好！”

在前辈的眼里，我儿媳毫无愧疚地一口回绝婆婆的要求，的确太不像话了，而我这个做公公的却毫无反应。事实上，正如前辈教授所说，我的儿媳确实被我管教得很自主。长子结婚后，我首先教儿媳说“不”的方法。懂得“拒绝”是维系人际关系的很重要的一环，而我们很不熟悉说“不”。如果违心答应对方的要求，心里会投下阴影，而压抑的内心会助长嫌隙和芥蒂，矛盾最终会表面化。

拒绝的话语都有哪些呢？“不”“不行”“不好”“没时间”“做不了”，其实也就是寥寥几句。因为心态弱，或恐遭不利，不敢把简单的“不”字说出来，自己压抑着受煎熬。坦率地说出“NO”或“YES”同样值得信赖，因为这里有发自内心的尊重与真诚。真正的人际关系就是建立在这个信赖和理解的基础上的。

家庭成员之间必须要有这种坦率与信赖。我在诊疗室目睹了太多家庭成员间的矛盾和悲剧。所以我的诊疗对象不会局限在患者身上，有时会扩大到整个家庭，要求他们一并接受治疗。

所谓的“婆媳矛盾”，往往起始于相互未能准确传达好恶的感受。子女结婚，把新人迎进门来，等于是陌生人之间组成了新家庭。一开始，在看不见的紧张中互相客气，不好也说好，讨厌也会装作喜欢。如此戴上五年、十年的面具，相互哪怕看一眼，或听到声音也会感到厌烦。这就是所谓的“听到‘婆’字就有气”。有一个中年妇女说，她甚至不愿意碰公婆的外套。久而久之，哪怕是笑脸、好话，也是往坏的方面去想、去理解，这是内心的怨气长年积压的结果。这就造成了家庭成员间，不是相互鼓励和支持，而是消极忍让，勉强地维持关系，这就太不幸了。人们不愿和子女生活在一起，不想把养老托付给子女，也有这方面的原因。

我的长子结婚，家里添了新成员后，我想尝试一下新型的家庭关系。我想教儿媳说“不”，作为平等的人应该相互沟通，而不是维持公婆与儿媳间的绝对的命令与服从，即晚辈服从长辈的关系。这不是我一个人所能办到的，还需要儿媳的配合。

我作为精神科医生，有一个惭愧的记忆。我一直自认为是和子女充分对话的很民主的爸爸。在一个周日，我录下了一家人一天的对话，听录音时，思想受到了很大的冲击。我发现我一直和子女絮絮叨叨，而且指指点点。我作为精神科医生自以为了解人的一切， 但是看不到、听不到自己。我真切感受到哪怕是对的事情，如果单方面强加于他人，那就不是真正对话。而且，我也并不总是正确的。

说“不”的同时，也能接受别人说“不”，首先要克服“我不会错” “必须按我说的来”这种单方面的固执。长子结婚不久，想要分出去单独住，我就要求儿媳先一起住上六个月。我想已经是一家人了，有必要在一个家里相互了解一段时间。爱吃什么？性格怎么样？一家人需要坦陈细节上的东西。首先，我要求儿媳不要主观改变在娘家的生活习惯。如果在公婆面前紧张拘束，只想表现好的一面，根本坚持不了几天。我也对儿媳说，不会看她的脸色行事，平常怎么过的，今后就怎么过。即使生活的本来面貌相互冲突，那也没有必要必须一定要改变。只有在相处的过程中协调着解决。

我和平时一样穿着汗衫和大短裤在起居室转悠，有时也会躺倒在沙发上睡午觉，努力地不在儿媳面前摆谱装威严。而且，平时怎么对待儿女的，就怎么对待儿媳。我也会发小脾气，如果有痛症也会向儿媳诉苦。在家里，我既不是大学教授，也不是精神科专业医生，只是普通的老人。儿媳一开始有些难以应付，但渐渐适应了。有一天，我发现儿媳也穿着大短裤在起居室阔步。

打开儿媳心扉是做饭轮班的时候。因为我们老两口和长子夫妇都在外面忙事，我提议家里几个人轮流做饭。原则是无论当班的那一天做了什么饭，其他成员都要无条件接受，而当班的人不必计算卡路里和营养，自己想吃什么就做什么，哪怕叫中餐也可以。

有一天，是我当班做饭，儿媳就悄悄跟进来择菜。我就对儿媳说："今天不是你当班，帮我做什么？因为我是公公？

接下来你婆婆、老公做饭的时候要不要帮忙？这样就不必搞轮班了，全都你来做。”

儿媳听了，立刻放下菜出去了。大概这时候儿媳心里想：“在我的公公婆婆面前不必掩饰什么，不喜欢就说不喜欢。”

无论是谁，都很难适应别人说“不”，所以需要训练。通过训练自己善于说“不”的同时，也能接受别人说“不”，人的内心感情就会变得很坦然，也不会被拒绝所伤害。有了这种基础，公婆和儿媳可在人与人的关系上相互关爱，互相给予幸福。梭罗说：“只有坦率而正直的人之间，才会有爱。”

现在，我的儿媳是对我经常说“不”的“好儿媳”。就是这天早晨，我因为有事需要外出，给儿媳打了电话。

“我今天有事去一山，能不能开车送我？”

“爸，今天我约了人，不行。”

“好，知道了。”

不行，那怎么办？那就打出租去呗。在别人眼里，我儿媳可能目无长辈，我想说我儿媳不是我丫鬟。而且，我拒绝长子夫妇的请求也不是一次两次了。如果有需求，我就堂堂正正提出来，我长子夫妇有时候答应，有时候不答应。因为相互知道每次拒绝都有正当的理由，所以感情不会受到影响。

虽然相互未必能做到百分之百的坦率，但是坦率到这个程度已经足够了。这已经足以维持家庭成员间坦诚的关系了。

老了以后的生活困苦的一个原因是，与子女做看不见的情感斗争。时刻盯着子女对自己好不好，所有的神经全部因子女的一言一行而紧张，结果日子里浸满了情感的疲惫。作为父母，或作为子女，还要顾及外人的眼光，生活中充满了不得已的自我牺牲。因不是出于爱和真诚，无论父母还是子女在心理上都不堪重负，结果是互受创伤，甚至遭遇不幸。

一天，有家报纸以《三代同堂五家聚居》为标题报道了我们家。拍照时，只有我们老两口和孙子孙女们，没有我们的子女和儿媳、女婿。这八个人没有拍照，也没有接受采访，而且要求不要登他们的名字。记者想说服子女们接受采访，但未能如愿。连父母都不能强求的，记者怎么能说动呢？

最终，报纸未能刊上圆满的全家福照片，但这已足够传达我关于说“不”的哲学。只有父母和子女相互欣然接受“不”，一家人才能获得幸福。

不要埋怨“孩子小时候可不这样……”

现在父母很难和成年的子女沟通。孩子到底在做些什么？想些什么？父母很想知道，但是又问不出来。从成长的某一刻起，子女自然而然地不愿再和父母说心里话，如果父母问，他们也是敷衍几句。父母只能察言观色来大致猜测子女的处境。

随着年岁的增长，父母和子女之间产生距离是很自然的现象。哪怕像朋友一样处得再好，父母也不可能全然了解子女的内心世界。如果像子女小时候那样父母什么都想知道，那只会增加彼此的矛盾，而子女就会容易变得不孝顺。

如果了解成年子女的10%，父母仅靠这些也可以充分感到幸福。这10%或相关乐趣，或相关职业，总之就靠这10%和子女沟通吧。

我的长子是天文学家。作为和长子沟通的方法，我写了一篇《关于星星的回忆》发给长子。不必非要面对面地交谈，我和长子就靠网上发邮件讨论世间的万事万物，或围绕一个特定主题我写下我的想法，发给长子征求他的意见。

总之，做父母的不要埋怨与晚辈无法沟通，无从了解子女在想些什么，重要的是先搭上话——就从10%开始。

要坦然与病相处

我觉得糖尿病是神赐给我的礼物。神知道我天性懒惰，就留给我作业。要我节制饮食，不要在餍足中度过平生。

——崔仁浩［韩国］（作家）《山中日记》

我现在患有七种病。分别是左眼失明、糖尿病、高血压、冠状动脉狭窄、胆结石、痛风、腰椎间盘突出。此外，多种小病不断，简直是个移动的综合病房。人们不禁要问，身上有七种病，那你日常自己的保健与养生究竟是怎么做的？是不是生活习惯很糟糕，懒于锻炼，又喜欢吃油腻的食物？而且，还是个医生！说到这里，其实我也觉得很冤枉。

首先，需要对“老化”和“疾病”加以正确区分。“老化”是指身体随着岁月衰弱下来，本身不同于疾病。但人们普遍把老化看作是疾病，并畏惧变老。“老化”确实容易导致疾病，但上岁数的人并不都得相同的病，从这个意义上说，我们有必要进一步研究老化和疾病的关系。

从医生的角度说，引起疾病的原因不可能只有一个。或是遗传，或是精神问题，或因环境、生活条件、药物等几十种状况的相互作用而导致疾病。有的人饱受先天疾病的折磨，而有些人一天抽两三盒烟也不沾癌症的边儿，照样享受天年。所以，医生们不断探索人体的奥秘，尽可能减轻患者的病痛，而不是把病因简单归结到患者自身的问题上，增加患者内心的苦痛和心理负担。

我所患的七种病，恰恰是我无憾人生的明证，这是我作为医生的见解。身体的老化导致腰椎间盘突出，我为了治疗痛症长期服用药物，结果依次诱发了糖尿病和高血压。2003年我在尼泊尔从事医疗援助工作时，失去了左眼的视力。一开始我以为是高原反应导致视力严重下降，但回国检查的结果是眼球血管出现了异常。进一步做检查，又发现心脏有更大的问题。原来我的心血管先天狭窄，现在已经严重到必须动手术的地步了。

我接连动了两个大手术，但未能挽回我的左眼视力。因为眼睛出了问题，才得以发现更大的病，我认为是因祸得福，毕竟保住了命嘛。我瞪圆两只眼活了整整七十多年，现在只能靠独眼，确实有诸多不方便，但我还是适应下来了。多转转头，保持视野，就这么简单。如果多转转头也算作不幸，那么这个世界不幸的人真是太多了。

有些人一旦得病，就自怨自艾“我为什么得病？是不是养生保健没做好？是不是吃了什么不该吃的东西，我应该多锻炼锻炼了……”因为压力陡然增大，病情也会进一步加重。

当病症来敲门时，治疗的第一步就是接受它。所谓慢性病缠身，身体老化导致的疾病大部分是慢性病，这些病不可能靠短期治疗就能解决。甚至拔出病根已经是不可能，治疗的目的只是为了抑制病痛、缓解症状。正因为如此，患者很容易陷入深深的失望之中，郁郁寡欢，自暴自弃。人在病患中，身体所感受到的疼痛和不适，确实是无法尽言，但是这有什么办法呢？只有顺应着来，不能动辄发火，呻吟哀叹。

无病长寿，这是太稀罕的了。人生在世，长寿可以有，无病是不可能的，只是大病小病而已。人不会因为身体不健康或者患有一两种病而变得苦痛和哀怨。哪怕身体不健康，也要努力幸福起来，这才是上岁数后面对新人生的正确态度。

当我被宣布患有糖尿病后，我首先接受了这个事实。我虽然也是医生，但是在主治大夫面前也是个患者，于是我耐心接受治疗，铭记医嘱。该做什么，不该做什么，还有饮食上的禁忌，都应遵照医嘱而努力做到更好一些，我的日常生活中，忽然增加了过去一直忽略，但现在必须谨记和遵守的许多规范内容。我每天都主动地自己测血糖、注射胰岛素，虽然徒增了一些必须要做的事，但我并不觉得麻烦和烦琐，因为这是延长我生命所必须要做的，这点痛苦和烦劳还是值得的。

后来我安装了胰岛素泵，就不必自己动手注射了，和糖尿病为伴的日子就好过了许多。为了装胰岛素泵而住院的那几天，我忽然有了组织“糖尿病病友小组”的想法。这样，就可以相互照料、分享信息，让治疗的过程充满创意和愉悦，我想这一定会有益于改善病情。

我认识的一位前辈医生，因脑溢血倒下。他在养病时，干脆把自己经营的医院改造成“脑溢血后遗症治疗医院”。他是想和与他同病的患者聚在一起接受治疗，并做医学上的研究。因为想到这位前辈，我也打算与病友组织一个圈子，相互分担和照料，让治疗的过程变得有趣有意义和有价值。我甚至想打造一个糖尿病疗养中心。

无病无痛地度过人生最后阶段，这基本是一种奢望。度过充实的人生之后，晚年病魔来侵袭，这时不妨把身体的病痛看作是有点讨厌的久违的朋友。在这位“朋友”的羁绊下，尽心做力所能及的事情。只要能保持积极的心态，其效果会强过任何名药名医。须改变看待疾病的固定观念。疾病既不是人生的一枚勋章，更不是错误人生的一个证明。疾病只是给晚年的生活多请来了一些调皮的玩伴。哪怕病痛缠身，也依然要保持积极的心态，这样即使无助于病症的改善，至少在精神层面上可以减轻家人的痛苦。

电影演员李大根为患病的母亲接尿，因难闻的气味忍不住扭过头去。结果母亲呵呵地笑着说："当年我倒是觉得你的尿布很香呢，还故意地用鼻子去嗅呢。"李大根听了，这才恍然悟到自己不过是表面上孝顺。

我留心记下了母亲呵呵笑的这一段。在儿子面前露体肯定很不好意思，但是他的母亲毫无挂碍地呵呵笑出声来。这是与病善处的坦然的心态，更是一种积极的人生态度。

年老而多病，这是自然之理。我虽然是七种病缠身，但仍想至死都享受人生。我的老伴儿、我的子女、我的孙辈们，以及在世不多的朋友们，我想对你们说我仍要快乐地陪伴着你们。

古稀之年进学堂更有乐趣

行刑者在一旁准备毒药的时候，苏格拉底正在学一首长笛曲子。“这到底有什么用？”有人问他。苏格拉底回答说：“至少死之前，我能学会这首曲子。”

——伊塔洛·卡尔维诺［意大利］（作家）《为什么读经典》

2011 年 2 月 28 日，我从高丽大学网上学院文化学专业毕业。整整五十年之后，我戴上了生涯中的第二顶学士帽。在 1125 名毕业生中，我以七十六岁的最高年龄首席毕业于文化学专业，一时成为人们街谈巷议的一个话题，又上了报纸，引来很多媒体的关注。在发学位证的时候，我走上主席台向校长献花篮，结果场内一阵爆笑。应该是校长祝贺我，但是我却反客为主。因为有太多的人关注我，我真有些不好意思了，想分散一下投过来的目光。

再说，这也是我想对在我年迈阶段为我提供学习机会的网上学院以及四年来指导我学习的教授们表示衷心感谢的方式。毕业那天，所有人都夸我以最高龄首席毕业，我的心情真像“受夸的海豚”那样一整天都想跳舞。

就读网上学院其实很简单，只要有一台电脑，无论男女老少，任何时候都可以进入那虚拟的学堂听课，学费也很便宜。一是不需要建筑物，二是讲课只需播放录好的音像，学校不必投入太多的经费。而听课的人，其实有学习的意志就可以。因为上岁数了，脑袋不灵了，没有时间等等都不过是借口。实际网上学院最适合像我这般上年纪的人。在自己的家里，舒适地坐在自己的椅子上看着屏幕就能听课了。我经常想，这个世界已经变得非常美好了，教育的平等已经够充分了，剩下的就在于个人的自律性了。网上学院是现代文明带给人们最普遍最易得的惠泽。

现在回想起来，我当教授的时候，喜欢用幻灯机或投影机来讲课，不仅学习效果好，筹备讲义的过程也愉快。当时还是黑板和白粉笔时代，我算是比较超前的了。可能正因为如此，退休后的某天送孙女去幼儿园的途中，我偶然看到“网上学院”的招牌，心里就确信“就是这个了！”

正式退休后，我接到了来自许多大学和团体的邀请，大抵都是名誉挂职之类。这些邀请是出于对我的学识和成就高度评价，但都被我婉言谢绝了。从教授职位上退下来意味着我不必再继续教课了，我不想放弃熬到这把年纪才得到的一点自由。而且，这些只是充充门面的名誉挂职，对此我一点也不感兴趣，因为我的时间已经所剩不多。既然我已经“教不了”，就只有去“学习”了。从这个意义上讲，我入学网上学院是太自然不过的事情了。

之所以选择文化学专业，是因为文化和精神密切相关。从事精神治疗，文化层面的学养是必不可少的前提。我作为精神科医生，很想在学术上进一步研究文化学。

但是，周围的反映并不怎么好。有人说“都拿到博士学位了，还学什么习呀？”“是不是想得到别人关注呀？”也有人说“你这是老而过贪”。还有人劝我“干脆插班算了两年就搞定了”。但是，我又不需要什么毕业文凭，为什么要匆忙“搞定”呢？我的目标是“学习”，我在意的是学习的过程和学习本身承载的意义和价值。而不是毕业证或者学分。由我选择的自由的学习，这肯定是非常愉快的过程，我心里想着都感到振奋，我难以理解那些人为什么要劝我缩短两年的快乐？总之，我决心花四年的时间，来慢慢地品味学习的快乐。还有一点，现在的世界日新月异，我所知道的很快会落后于时代。一想到重新学习新鲜事物，我就禁不住兴奋起来。

网上听课的好处是可以任意选择时间来听。但长处也是短处，任意选择的结果，往往是拖延了学习时间。所以，我硬性定下周一和周二为学习时间。听看完讲课视频后，就按自己的方式自习。如果有不懂或关心的问题，我就通过留言板向相关教授请教。网上听课靠的是自律和自定规则，是百分之百自发的学习，自主的学习，自觉的学习。

在年轻的时候，成绩是学习的目标。因为必须靠成绩和别人竞争，所以学习的压力很大。但是网上听课就没有了这些负担，给多少分就多少分。因为不必为分数而斤斤计较了，精力自然而然集中到学习上。不必为考试要领而拼命地起早熬到半夜了，只需跟随求知欲前行即可。由于心情放松，结果比上大学时的成绩还好。这时我才真切感觉到，初中以后才头一次拿第一，可能就是因为没把学习成绩太看作是负担的原因吧。

刚接到文化学专业首席毕业的通知时，坦率地说我首先感到发窘。我怕别人说“都老不死了，还拼命争第一”。而且，我如果说“我只是快乐学习，但没想到拿第一了”，听着很像是名牌大学首席毕业生“我只是多看了几眼教科书”的自谦之语。于是我就套用孔子“寓教于乐”之语，以“寓学于乐”来敷衍拿第一的尴尬处境。

回顾我学业的各个阶段，年过七十后在网上学院这一段是最有乐趣的。因为上了岁数可以纯粹地享受，寓学于乐，只为学习而学习。不必与人竞争，也不用听了夸奖才努力。也有人说，上岁数后学习有什么用？没必要在不切实用的事情上浪费时间。但是，我以为，学习不必一定要学以致用。托尔斯泰到晚年才开始学习意大利语。托尔斯泰只是单纯地被意大利语的魅力所迷住了。

有位七十岁的老奶奶，因为不识字决心上小学。每天早晨她给老伴儿做完早餐后就匆匆赶到学校。因为平生辛劳，背也驼了，各种小病不断，但是她一天也没有缺席。她在方格本上整整齐齐写上自己的名字和老伴儿的名字，脸上洋溢着自豪和幸福。这位老奶奶在小学的学习和我的文化学学习，本质上没有什么不同。

说句心里话，只要还活着，人就有必要进行前瞻性的思考。哪怕身体老朽了，头脑也不会上锈。在体力允许的范围内，应该积极地推动自己的思考。退休后充裕的时间，恰恰可以用来学习许多“不切实用”的知识。

最近，我学的学科是电影。从网上学院毕业后，我加入了电影研究小组。我的小儿子从事与电影相关的职业，我很想和他学习实验电影，但是饭要一口一口地吃。我首先要过经典电影这一关，于是每月参加一次经典电影讨论会。那些让人头疼的实验电影，必有言之有理的东西，如果顺利过了经典电影这一关，作为电影专家和教授的小儿子必会好好教我吧。当然，如果我学习懒惰，儿子也不会给老爸面子。

要敢于冒险才能赢得平安的人生

不要迷信安全，自然中不存在这种东西。从长远看，敢于冒险要比避险更为安全。人生就是一系列冒险的过程。

——海伦·凯勒［美国］（社会活动家）

上了岁数后，我才知道这个世界是怎么运转的。“如果当初知道这些就好了……”我懊悔年轻时的无知，这说明对人生有所领悟了。但是，年轻的时候能有现在这样的领悟，就会过上自己愿意的日子吗？就会实现理想的人生吗？我的答案当然是“不”。如果青年时期一开始就掌握了通过岁月才能凝练的智慧，那么他就不是青年了。青年有两大美德：一是无知，二是有未来。因为无知，才有勇气向不确定的未来迈步。

在上医科大学的时候，我就决定了选择精神科专业，结果有人就说：“你疯了？要当精神病医生？”当时在人们的眼里，精神病和精神病医生都是一路“货色”。在这种氛围中，我毅然选择了精神科专业。如果想出人头地，选择内科或者外科才属正常，而我对精神科专业，当初也没有什么透彻的认识。

“4·19”反独裁示威时，我作为“主谋”被关押，和我同关在一个牢房的，有死囚和小偷。有些人为暂时的困厄愤怒不平，而有些人大难临头却泰然处之。我开始审视自己，并思考何为人，何为人生。可能是当时的强烈体验，驱使我倾向于精神科医生，而且我一直希望当一个“看起来不像医生的医生”，这个念头最终也推了我一把，使我终如所愿。

精神科专业加上因为“主谋”被关押的“前科”，注定了我之后的路途不会顺当与平坦。出国留学已经不可能了，再好的医院就职也是难上加难。去不了好医院就意味着无法遇到出色的导师和有实力的前辈。总之，我所希望的，最平坦最有希望的道路基本上全给堵上了。于是，我就给从未谋面的国立精神病院院长写了一封自荐信。当时医大毕业生都回避国立精神病院，但即使这样，国立精神病院也不会接受有“前科”者。明知不可为而为之，这是我最无奈的唯一选择，我必须拼一下了。出乎意料，院长接受我了。虽然说是出于这样的医院用人难的原因，但我真的十分感谢院长给了我这样一个机会。

我以为这仅仅是无可奈何的选择，很意外却成就我人生的触底反弹。我在这所医院不仅遇到了名师，还通过众多患者积累了丰富的临床经验。因为在国立医院，得以参与国家企划的种种规划，接触其他医院的高明医生，有了良多受益。如果在大学附属医院，只能师从一两名导师，而我却可自由地在全国各地有名教授的研究室从事交流与学习。应该说，我的人生最大绊脚石的“前科”经历，带给了我人生逆转的大好机会。

因为有了这种闯劲，我成为精神科医生后所做的事，都可以称之为“破格”的。我把封闭的精神科病房改造为开放式，引进“心理剧”集体治疗法，创立“韩国精神治疗学会”，吸引社会关注精神疾患的治疗，在海外旅行尚不自由的年代，我却能够去尼泊尔从事医疗援助工作等等。

在20世纪70年代，我在梨花女子大学附属医院精神科当主任教授。我决心拆除精神科病房的铁栅栏，把病房改造为患者可以自由往来的开放式空间，结果遭到了患者家属和同事们的反对。我说服他们说：“把患者关起来不是为了保护患者，而是为了管理人员的便利。”最终，在所有人的忧虑下，医院顶层的精神科病房改造成开放式病房。患者在公共区可同时自由活动，还有公用电话可同外界联络。此外还设有锻炼器械，公共区还可以举办音乐会。这些现在看来是正常的事，而在当时却是难以想象的，是不被别人理解的，人们对精神疾病患者抱有强烈的偏见，而这些举措带来了改变偏见的契机。

现在精神治疗领域普遍应用的“心理剧”集体治疗法，1974 年首次在治疗中使用，即首次把还处于理论阶段的治疗方法移到了实际的治疗舞台。我穿梭于大专院校的戏剧专业系所，请求戏剧专家施以援手。首尔艺术大学的李康白教授以及已不在世的剧作家吴永镇、导演兼剧作家李相烈给予了我很多帮助。他们的热忱会铭刻在韩国精神医学史上。

我所做的最冒险的事就是翻译和著述四十多本精神医学书。我成为教授后发现，可教学生的教科书太少了。我总不能拿一本书整年地教学生吧？ 于是我就下决心自己动手翻译相关著作。因为我的英语能力有限，我翻数千遍词典才得以完成一部著作的翻译工作。留学派的恩师发现我的误译后，就劝我不要浪费时间，就此罢手。我就说：“如果老师不想翻译，还是不要劝我吧。”

我这么拼凑着翻译了第一本书《应该怎样进行精神治疗》。我在序言中说：“我虽然英语不好，但是为了后面的研究我不得已翻译这本书。我想以后会有很多留学归来的人，届时希望他们不吝赐教指出错讹之处。”好在这本书后来不仅对专攻精神科的学生，而且对护士、心理医生、社工人员、患者以及家属都提供了很多帮助。

可是，没有出版社愿意出这本书。所以我到处散布“出李根厚的书肯定没错”的消息。结果，还真有人听到消息来找我，是汉拿医学社的吴武根社长。当时他经营着只有一张办公桌的小出版社，他只听我一面之词就决定出版这本书。现在，汉拿医学社已成长为出版了五百多种医学书籍的医学类专业出版社，这是用信任和冒险来铸造出的成绩。

年轻时候，我不断地“惹事”。我并没有特别的天赋或者才干，也没有什么强悍的自信。我只是觉得为了患者必须尽力而为。无论看起来多么不可能，我也要努力让其变得有可能，然后耐心地等待或者去找可以提供帮助的人。这个过程确实很艰辛，但是我没有半途而废，直到搞出成果。正因如此，在我还年轻的时候我就认为，我确实凭一己之力办成了不少事。

可是随着岁月流逝，我越来越明白这些并不是只凭我一人所能成就的，或者说没有一件事是我一个人来完成的。虽然由我开了头，但是更多的人加入进来，提供了远远超出我个人能力所及的智慧和能量。

在韩国精神医学史上，我被推举为20世纪70年代首次把封闭的精神病房改造为开放式的创新型人物。但事实上只是我比其他人多了一份勇气而已。前辈医生是因循于惯例，后辈医生一般不敢在前辈面前发出声来，正好我夹在中间可以挑这个头。而心理剧集体治疗，如果没有李相烈等戏剧界人士的热情支持和同事们的真诚帮助，引入的时期可能会大大推迟。

我想“上岁数”的过程，就是领悟非一人之力所能创造奇迹的过程。随着时间的大河湍流而过，世上没有独我的真相才会一一显露出来。这个“独我”也可以解释为个人“英雄主义”。

但是，这种感悟只有上了岁数后方能切身体会到。年轻时，必须要有“一切靠我自己”的精神。人不可以少年老成，要有无知的冲动和冒险精神；要有跌倒后敢于再起的霸气；也要有绝境中仍然爬起来的勇气，还要有相信明天的底气。个人英雄主义要不得，但是，人也一定要有这样的自信：只凭我的力量活完人生各个阶段。这就是人生的辩证法。

老后做什么？去旅游？不要太茫然

虽然社会已经很关注老龄化问题，但是很多人还是很茫然老后该做什么。或到处旅游，或含饴弄孙，只是泛泛地认为应该安度晚年。

但是老后的时间，比想象的要长。从字面上理解，“老后”就是老了以后，指生活自理能力低下或完全丧失的这段时间。

而当代现实中，老年人大多依旧耳聪目明，依然有气力有能力。所以现代人老后的时间，多半还是用来继续追求有价值或必须之事（无论是兴趣、义务奉献还是赚钱），只在闲暇时才会旅游或者含饴弄孙。

回想起来，我退休以后满怀热情地操持了很多事情，这种热情甚至比退休前更高、更自觉。离开医院和大学后，我活得更自由，更有创意性。做心理咨询、去尼泊尔从事医疗援助、照料保育院的孤儿、研究石佛像、就读网络学院、进行青少年性心理咨询、探索老龄教育等等，真是不胜枚举。

这些事，并不是有人叫我做才起头的，都是我自己操办起来推动的，而且我依然愉快地在做着，所以每一天都过得很充实、很幸福。如果想好好度过漫长的老后时间，首先要丢掉茫然的企盼和幻想，不要想安逸地度过这段时间，应该好好筹划如何充分利用这些时间。

三十年后重逢的艾德蒙·希拉里教我的

推动梦想的力量不是理性而是希望，不是大脑而是心脏。我们拥有无限的可能，幸福和成功就取决于信赖这个可能性的程度。

——陀思妥耶夫斯基［俄国］（文学家）

我把对社会奉献作为人生之轴的原因，主要是：我初中三年级时，朝鲜战争爆发，一家人逃难的途中经过了光明保育院。这所保育院收容战争孤儿，其惨状令人不忍直视。妈妈无法视而不见，就留下来照料孩子们，为生病和脏兮兮的孩子们洗澡，喂东西吃。妈妈心痛地说："战争中最可怜的就是失去父母的孩子们。"我当时看着妈妈，心里忽然萌生出了人活着应该帮助他人的想法。

后来我作为军医官入伍，派驻的地方很凑巧就在光明保育院旁边。我着实吃了一惊：肯定有一种看不见的命运的力量把我引到了这里。在军旅生活中，我一有空就到光明保育院做义工。我照料着孩子们的健康，又陪伴他们玩耍，使得我现在还戴上了光明保育院理事的头衔。

我从事尼泊尔医疗援助，是缘于艾德蒙·希拉里。艾德蒙·希拉里是第一个登上珠穆朗玛峰的登山家和探险家，因其功勋获得了英国骑士爵位。他成功登上珠穆朗玛峰时，我在上高中二年级。因持续三年的朝鲜战争，国土浸满鲜血，前景黯淡无光。当时报纸上挤满战争消息，没有人注意报纸一角上嵌着的艾德蒙·希拉里登顶成功的新闻。但是，校长留意到了，他在早操时间面向全体学生训示说："你们也要像艾德蒙·希拉里那样，有自己的雄心壮志……"

瞬间，校长的一席话犹如一道光柱划破毫无希望的黑暗的夜空，照亮了我的心扉。我不知道珠穆朗玛峰是什么，喜马拉雅山又在哪儿，更不知道艾德蒙·希拉里是谁，但是只凭"雄心壮志"这个词组，我就摆脱了虚无失望感开始振奋起来。大概是校长的训示触动了我，停战后我考进了大学，又喜欢上了登山。我几乎每周末都是在山路中度过的。

知道艾德蒙·希拉里这个名字约三十年后，1982 年 4 月我终于见到了他本人。当时我作为马卡鲁峰学术远征队的一员去喜马拉雅山，我期盼在此能遇上艾德蒙·希拉里，但是多处打听，都未能如愿。后来在珠峰地区的帕克丁，我偶遇了正在修理桥梁的艾德蒙·希拉里。

“你好，你是艾德蒙·希拉里吧？”

我向艾德蒙·希拉里介绍了自己，接着我们就谈了很多事。艾德蒙·希拉里登珠峰成功后，在尼泊尔修建学校和医院，转变为反核的环保活动家。他登顶成功后，心痛于人类为了满足好奇心毁坏自然的现实。一种保护自然的责任感油然而生。痛感毁坏自然的责任，从此他将余生奉献给环保事业。相比首登珠峰的壮举，我更为他的转变而感动。

为了遇见艾德蒙·希拉里，我等了三十年，但是我和他交谈的时间不过一小时。但是这短短的一小时，却给了我莫大的激励。我开始认真思考什么才是真正的奉献。和艾德蒙·希拉里作别时，我掏出兜里一百美元中的一半交给他说：“我现在把身上一半的钱交给你，捐献给你的事业。我也将以你为榜样从事奉献社会的事业，并以此来表达对你的崇敬。”

从帕克丁归来的途中，我陷入了沉思。残酷的战争带来的挫折和虚无感，艾德蒙·希拉里的名字投来的微弱的希望，实现这个微弱希望的实践，熬过漫长岁月以后的偶遇……追溯这一线牵的因缘，我究竟是谁？我是靠什么活到了现在？以后想作为什么活下去？

回顾我的一生，我从没有规划过未来，并为之有意识地做过努力，我只是自然而然地活到了现在。既然如此，我也在问，今天的我是怎么造就出来的呢？

在精神分析学中，最基本的假设是“精神决定论”。即任何一个动作，都假定有其原因。简单说，种瓜得瓜，种豆得豆，并不存在偶然。虽然我们无法用眼睛看到，但一切都是循着因果一步一步积累到了现在。我因战争陷入虚无和挫折感时，校长的训示楔入了我的意识之中，并一点一点推动我去实践。而植入脑际的希望之光，又把我引向山峰，又促使我走向尼泊尔和喜马拉雅。最终，我遇到艾德蒙·希拉里，把我锻造成奉献社会的人生之轴。

好的思想会牵引好的行为、好的人生，这句话太正确了。哪怕是微弱的希望，如果能真正锲刻在心里，这一锲刻本身就能孕育改变命运的力量。哪怕是不可能实现的愿望，只要珍藏在心里，不知不觉就会产生实现具体梦想的力量。有一个少年，他的梦想是摘下天上的星星，应该说少年的梦想是非现实的。少年长大后，在喧嚣的城市过着浮躁的生活，最终他搬到了乡下，找回了平静。他之所以安身在可以望见星空的乡下，也许正因为他少年时心中怀抱着星星。夙愿和祈祷、企盼，这些都是串接人生的线条。

现在的老年人，都经过了那一段艰辛的岁月。而现今的年轻人，也自有伴随他们的时代所特有的苦痛。但是，无论活在哪个时代，无论现实有多么绝望，都不应该放弃心中的希望。哪怕这一希望有多么微弱，也要紧紧攥住并获取力量，以此坚强地生活下去。必须相信未来一定会很好，那么时间的力量会在无意间推动我们，牵引我们一步一步去实现。

我最讨厌的一句话：要做就做到最好

想发挥 120% 的努力，往往会招来失误和不幸。所以，我们应该有这样的勇气，以发挥自己能力的 80% 来设定目标。没有做到 120% 和做到超过 80%，不妨想一想自信会产生在哪个选择上？

——克里斯蒂娜·威腾博格［德国］（儿童作家）

媒体采访我时，几乎必问："你的座右铭是什么？人生哲学是什么？"我平生诊治患者内心的伤痛，又是教书育人，所以可能认为我有什么特别的人生秘诀。然而那些所谓的"哲学不过是穿了正装的常识"，我认为吃饭、做事、学习的常识才是哲学，从这个意义上讲，我没有什么特别的人生哲学。但是听的人不甚满意，还会追问，这时我的回答始终是一个："求其次，不要做最好。"听的人显然感到意外。这个世界都在强调"要做就做得最好"，你为什么"求其次"就可以了呢？

应该说，我很不喜欢“最好”二字。“最”是要求百分之百地透支自己，这相当于农夫吃光了种子，已经没有了明天。“求其次”不是求“差不多”，是要做到自己满意的程度，而不是患上“完美”强迫症。“最好”的意思并不是必须争第一，而“最好”却只会给自己带来生存的危机感，而不是幸福。

我上初中二年级的时候，有一次很想拿全校第一，就全身心地投入到忘我地学习中。我甚至减少了许多睡眠时间，整天钻研书本。因为数学实力不够，我就干脆把教科书的题型全部背下来。结果，我真的拿到了第一。但是我只开心了一小会儿而已，因为我很快就担忧下一次考试还能不能再拿到第一！当时我年纪还小，但是懵懂地感受到追求最好的人生并不幸福。

可能是这辈子以“求其次”为目标的原因，我无论做什么事都可以把事情做得时间很长。上高中时，我加入美术小组，画画也很不错，而且还梦想做诗人。但是高考填志愿时，我不得不思考，我作为画家有没有创作的资质？答案是否定的。如果多加练习，绘画技法会得到提高，但是我根本不具备艺术家的天分，这是我最深刻的自我省察。但是我又想，我即使不能用绘画和诗作来得到人们的认可，但是我依然可以欣赏，这也就足够了。我写不出出色的诗没有关系，只要能够有品位或鉴赏别人的佳作，这已属万幸了。

上大学后，我开始登山。在我的倡导下，大学时就组建了“山岳部”，1982 年还登上了喜马拉雅山。登山，把征服山峰作为目标，但我不是如此，因为登山本身足够让我喜悦。每次登山，我都是欣然投入山的怀抱，如果攀登山峰途中积雪或下雪较大，就毫无遗憾地转过身来。我不为登峰失败感到可惜，反而觉得可以欣赏山的雪景是最好的享受。我在尼泊尔从事医疗援助，并在尼泊尔开设“文化营地”，促进了韩国与尼泊尔的文化交流，就是因为登山的目的并不纯粹是征服山峰。在登山中接触到尼泊尔人，接着想帮助尼泊尔人，继而从事医疗援助。和尼泊尔人对话，体验他们的生活，于是了解到了尼泊尔的悠久历史和灿烂文化，我就甘做文化使者把韩国的文化介绍到尼泊尔，也把尼泊尔介绍到韩国来。

虽然我做了医生，但我喜欢的绘画、诗歌和登山却依然伴着我。并且，我还把绘画和诗歌应用到治疗上。现在回想起来，在基本的医学诊疗基础上加以营造艺术环境，使得治疗效果更加显著，我想应该是我的艺术鉴赏能力起到了作用。

在光明保育院照料孩子时，我开设“无何文化之爱活动室”也是出于相同的脉络。不是单纯地给不幸的孩子们解决衣食住问题，而是通过诗歌和绘画培养文化鉴赏能力，使孩子们拥有积极向上的性格。孩子们朗读自己创作的散文和诗歌的时候，脸上洋溢着自豪和幸福，这又直接成了我的喜悦。我又与爱好诗歌的同仁每月举行一次诗歌朗诵会，已经坚持了十四年。

我之所以能做如此多的事情，是因为每事我都保留了30%的余力。如果想完美做好一件事，必须全部投入所有时间和能力。为了争第一而榨干自己，就没有余暇和余力可以旁顾。即丢弃掉了路途的风景，也丧失了人生的其他价值。从焚膏继晷的努力中稍留一截余光，就可以看到许多风景，感受到许多人和事。可以分享到友人之爱、家庭之爱、奉献之爱以及成就想象之中和意料之外的喜悦，这些又有意无意地交织在一起，让你的人生像一棵大树一样枝繁叶茂。

首尔的三清洞有一家别开生面的茶屋，叫作“首尔第二好”。在鳞次栉比挂满“最高”“第一”的牌匾中，唯独这家的商号醒目。这家店的老板可能是意在表现出谦逊，而顾客油然而生哪怕不是最好，也想尝一尝的心情。可能不单单是味道，或许还有什么故事，因为有了想听娓娓道来的故事的心情，不知不觉会光顾这家茶屋。在别人看来是第一或第二，其实没有任何价值。没有必要为单纯的竞争倾注全力，只要能忠实于自己，能让自己满意就可以了。这样，人生就会更加丰富起来，无数的经历，无数的故事也会枝繁叶茂。

我现在因为健康问题已经无法登山了。即使去尼泊尔，也只能做简单的徒步旅行。看着触手可及的山峰，脑海里回放当年登峰的故事，这就足够让我喜悦了。从三清洞的研究所，北汉山仁寿峰现在只能眺望了。这也无妨，我现在是靠眼睛，而不是靠双腿享受登山。虽然不能登山，但是可以望山，这也是“求其次”的特别喜悦。这个喜悦其实是更上了一个境界，也是我尚可享受的喜悦。哪怕我终于不敌岁月，卧床不起了，也有很多喜悦在等着我——卧床看着喜马拉雅山的影像，用头脑来登山。

我心中至今活着长不大的少年

我既是三岁，也是五岁。我可以是三十七岁，也可以是五十岁。该做小孩的时候就做小孩，该做大人的时候就做大人，这太让人开心了。想一想，你可以做任何岁数的人。

——米奇·艾尔邦［美国］（作家）《最后14堂星期二的课》

小时候，我有过和小伙伴们去捡星星的经历。我们等着星星从夜空掉落下来，在草丛寻了好几个小时，忽然一个小孩喊："这里有星星！"我们就拥了过去。小孩拿出一枚小石头，我们都摸了摸，似乎真的是暖暖的。现在，曾经捡星星屎的少年已经变成白发老人。和我当年一样大的孙女在一旁说："爷爷，那是流星，不是星星屎。流星掉到地球，会在大气层烧掉的。"

我摸了摸孙女的头，但是我心中仍活跃着捡星星的少年，而且这个少年仍认为流星是星星的屎橛子。除了少年，我心中还活着向满课堂的弟子热讲两三个小时的青年医生，还活着在喜马拉雅山上喘着粗气自认为“山已经爬不动了”的上了年岁的登山人。我们通过人生各个阶段的无数经历成长和成熟。十岁时不知道二十岁，三十岁时不知道中年，我们是在岁月中逐渐变得老熟。

但是，二十岁了就必须舍弃十岁时的活泼吗？因为过了四十岁，必须在子女面前板着脸吗？因为老年了，必须道貌岸然地装出通达人情世故的样子吗？

我的家人、同事和弟子们经常说我是怪老头。板正的西装配球鞋，身上挎着大背包，而且我主动向别人吹嘘这是救生包，即使扔到沙漠也能坚持三天。因为我的举手投足和标准的教授范儿迥异，弟子们惊讶之余又觉得开心。我倒不是有意标新立异，只是乐意把自由且实用的点子给做出来。

有一次，我很想让保育院的孩子们尝尝市场上叫卖的炒年糕。我就弄了个小推车、四角铁板和小煤气罐，在保育院搭起了炒年糕摊点。我系上红色围裙，摇身一变为炒年糕的爷爷。在那一段日子，炒年糕社工服务最受孩子们的欢迎。

我还曾给弟子们办过花甲宴，这也是为了回报弟子们给我过花甲。有一天，我偶然知道我教的弟子也到了六十岁。啊，我的首批弟子也到了花甲之年，我忽然有了特别的感悟。

我叫弟子们送过来从小至今拍过的二十张照片，然后我剪辑成片，填上文字，拷录成CD，标题为《啊！六十年》。然后在预约的餐厅聚餐，会餐后作为纪念品分发给弟子们。弟子们不好意思地说："从来没有教授给弟子们过花甲的。"

我就说："人活着不必拘泥于形式，只要相互可以欢洽，也可以成为新的形式。老师给弟子过花甲，这又有什么不行呢？而且平时我也麻烦你们不少事。如果你们喜欢，以后也可以给你们的弟子过嘛。"

在弟子们面前，我不想只摆出恩师的谱儿。我心中仍喜欢玩耍，如果不能逗人开心自己就不开心。"啊，这么做应该很有意思"，不必因为上了岁数就压抑这种念头。当然，如果总是装"老小孩"是有问题的，但是很有必要偶尔松弛下来让周边的人感到意外的幸福。

所谓老有老样，不是一定要板着脸，装严肃的意思。只有这样才能保持健康的心态。人生才会更有乐趣，只有懂得调节才是真正成年了。

如果你抱怨一辈子没有自由过

我们都希望自由自在地生活。那么什么是自由呢？简单说就是，按自己的想法活着。当然随心所欲也是章法允许下的言行举止，要做到制约中的不受约束，还真是不太容易。人是社会动物，必须遵守各种规则，行为要符合价值，当然了，这些压抑着人的自由。

在另一方面，人在更多的时候是自我压抑。不断意识和判断着别人的眼光，一辈子自我规范和自我监视。但是仍不忘抱怨活得不自由，并找出种种理由。

我在大学附属医院当医生时，一年一次定期去尼泊尔。我是去尼泊尔从事医疗援助，但往往是我在尼泊尔给人生充足了电后返回韩国。大学附属医院非常忙，所以每年休假半个月是要看别人的眼色。虽然出发前我已经安排妥当，诊疗不会出问题，但后脑勺始终很发烫。应该说，敢于迈出第一步很重要。我接连去尼泊尔两三趟后，医院逐渐形成了“李根厚需要去尼泊尔”的氛围。甚至问候的时候有人会说“你今年什么时候去尼泊尔？”。

获取自由的第一步往往是最难的，而一旦迈出了，就无比清爽和幸福了。那么是什么在桎梏着我，而我又想做到什么？

不要找种种借口，要敢于摆脱和打破框框。不妨试试看，其实比想象的要简单和轻松。

Chapter 2

不要这么上

岁数

从生到死，每一个刻度都充满了乐趣，
都有属于那一刻的，那一时节的乐趣，
如果懂得了，人生就没有虚度。

如果你害怕变老了

变成老人有好的一面，也有坏的一面。重要的是要具备自我认知的能力，能辨别我现在的活法，正在做和感受着的，是不是符合我的岁数。不必因为变老了，就立刻装作是老爷爷，当然更没必要装年轻。我只是正老如我的岁数，此外无他。

——古伦神父［德国］（灵修大师）《变老的技术》

2012 年的冬天，我和老伴一起去研究所。这几天天气骤冷，电视和报纸都变得神经质。仔细想来，每年冬天都有冷空气南下，动辄说是“几十年一遇”。每到此时，我就多加穿几件衣服，没怎么当回事。其实凡事都是这样，担忧都是在事到临头前，一旦事发了总会有对付的法子，总会有扛过去的力量。

戴上厚实的冬帽和手套，全副武装出了门，触脸的冷风反而让我感到凉爽。到了研究所下车，发现路面结上了薄冰。我开始小心翼翼地迈步，紧随身后的老伴儿每一步都踩出“咯吱咯吱”的薄冰碎裂声。看来她也是很小心的。

只不过是薄冰嘛，但是人到老年，区区薄冰也会带来日常生活中的麻烦。万一摔倒断腿了，就会给周边的人带来不便。研究所当然是不能去了，往来医院花费了大量的时间，耽搁了想做的事，还不得不取消了讲演，社工服务也做不了。但这只是我的不方便而已，问题是还要麻烦其他人，我的子女当然会孝顺到位，可是我心里的负担就大了。所以一定要小心，尤其上了岁数一定要格外小心这些琐碎的事情。

老年人的身体状况显然不同于年轻人，这是不容回避的现实。体能低下，反应迟钝，身体各个零件或大或小都有些故障，这是人变老的自然而然的现象。不要为此感到失落而活在哀伤之中，更不要徒劳地想找回过去的强健。

人的身体，过了一个时期就会渐渐衰老。抵达顶点后，画一个下降曲线，直至呼出人生的最后一口气。人到了老年，只有照料着随时间越来越衰弱的身体，尽量悠着活下去。身体发生的变化，自己察觉得最快，不要去否定它，或者视而不见。哪怕头发染黑了，板着腰走路，但是身体已经老了，自己心里最清楚。

我的职业是医生，而且二十岁起登山，但是仍没有躲开岁月的侵袭。我把全国的名山都登遍了，而且征服过喜马拉雅高峰，但是人到七十了，体能就急转直下了。我虽然上岁数了，但是心态依然年轻和快乐，可身体的老化现象依然，这的确是悲哀的事情。

我偶尔从电视上能看到夸耀健硕肌肉或一口气能做几十个引体向上的老人。或者涂上口红，穿上紧身衣，跳剧烈的韵律操或大劈腿的老奶奶。我觉得这些人是太特别了，基本是摆脱了普通老年人的面貌，问题是电视播出这些的时候，似乎在暗示人人都可以如此“返老还童”，如果做不到都是自身懒惰的结果。可是，只要努力了就能做到这些吗？

这些老当益壮的老人，电视台是作为“趣闻”和“花絮”搜罗了素材的，本身具有特殊性。他们为了保持身体的“年轻”所付出的努力确实让人惊叹，但是我看到摄像机镜头所捕捉的，未能及时掩盖的衰老的痕迹后，不忍再看下去，赶紧转频道。演播现场的欢呼和惊叹，无论是真诚的还是出于对年长者的尊重，毕竟是营造出了“皇帝的新衣”的场景。

我们首先要超越这些去看问题。那些老人有一点是值得肯定的，就是为保持身体的年轻和健康所倾注的努力。那么，我应该把我的能量和热情倾注在何处呢？

我在电视上还看到一位剥蛤蜊的九十多岁的老人。老人已经驼背，而且因关节炎走路都困难。然而，他的双手却很自由和灵活。那双长满老茧，而且变形的手在帮打鱼的儿子忙活，那灵巧的手势简直看着是绝活儿。老人只有一个目标，就是每天要帮儿子讨生活剥蛤蜊。因为老人把他的热情全部倾注到了这一点，至少用他的双手找回了青春。

应该说，上岁数的象征就是肉体的衰老。上岁数了自然长满皱纹，肌肉松弛下来，骨头变得脆弱。如果再得上一两个病，毋庸讳言，这才是老人的样子。在老当益壮的特殊老人们面前，不要自惭形秽，更不要有自己也想“返老还童”的强迫症。一天二十四小时只想看起来年轻，以致忘却了人生的活法，没有比这更遗憾和悲哀的事情了。

如果老后仍焦虑落在了别人身后

现在，在社会上，经常出现第二人生、第三人生的说法。“第二人生”是指五十多岁退休后，找新的职业或者事业，以此开创新的人生。而第三人生是指在自足和富足中，从心所欲享受余生。应该说，对于老年人而言，这既是最好的忠告，也是特别的激励。

但是仔细体会一下，这些忠告和激励不无具有劝诱消费的商业动机。“老后相关市场”的说法，不是无中生有。各种观光商品和健康食品，医疗器械、锻炼器械，加上伤残保险和死亡、丧助保险，时时刻刻盯着老年人的口袋。问题是别人都加入或者有了这些，而自己没有，就会感到不安。进而觉得自己的活法出了问题。

我们平生是在竞争中生活，内心积着压力活到了现在。竞争是资本主义社会的本质属性，所以哪怕要赶人生的最后一站，也要顾虑着别人的眼光，无休止地比较下去。即老了也是竞争，该怎么死也是竞争。

“第三人生”确实是好的提法。但是你认为“确实，我没有几天活头了，也应该像别人那样风光”，就有必要驻足想一想。上了岁数，没必要做的事多于必须做的事。应该想一想自己是不是在撑脸面，人云亦云随大溜去做。更要想一想成功人生是什么，我有必要和别人一样吗?

不要为了不被别人落下，花费掉所剩无几的宝贵时间。凡事做过了都有后遗症，要懂得过犹不及的道理。

要趁早丢弃“老了就没用”的想法

日本影片《楢山節考》描绘了和传说中的“高丽葬”相似的风俗，把丧失劳动力的老人扔到深山里，以减少吃饭的人口。影片中的老母虽然年届七旬，但仍有一口好牙，她无法忍受自己在困窘的生活中吃白食，又不能提供劳力。以致有一天老母故意把门牙磕碎在石臼上，劝儿子把自己背进楢山。老母是为了儿子和孙子多一口饭吃，也是不愿遭村里人的白眼，只想平静地死去。儿子不想把老母扔到山里，但也最终明白必须遂老母的心愿，以不孝尽孝。背着老母上山的儿子；怕儿子吃力，早就断了骨减了体重的老母；怕一开口儿子就反悔，一言不发在风雪中飘忽的母子俩的背影，以及他们的目光，是那么的凄绝。

除了韩国和日本，日本土著阿伊努人也有过把老人弃在雪地的风俗。在生产力低下，粮食匮乏的时代，为了族人的存活把老人弃之于山野似乎是不得已的选择。老人有气无力而且没用的认识，大概也是在那时候扎下了根。

而现在吃饭不再是个问题了，但是对老人的看法一点都没有变。老人就是等于老而无用，人到六十必须退休，而且认定上了岁数，体能和头脑就是不如年轻人。

我读过一篇年轻作家写的关于他岳父的文章，大意是感谢岳父贴补了收入菲薄的艺术家女婿。文中有这样一句："年老体弱的岳父大人"。可是将文章前后一推敲，方知这位岳父大人原来不过是五十多岁的人。原以为"白发驼背"了的老人其实还不到六十岁，我只有苦笑一番。应该说这位年轻作家的想象力，正好代言了社会对老人的看法。那么，多少岁起算是真正的"老人"呢？

其实最大的问题是，人一旦上岁数就和社会持有相同的看法。过了五十岁接近六十，就自认为是老人，准备从人生第一线上退下来。甚至还不到五十岁的人，嘴上也挂着"身体大不如前""记忆力减退得很快"，也就是形成了老之未至，人已先老的局面。

但事实是，即使老之将至，无论体能还是智能减退得并没有那么多。几年前韩国保健福祉部调查的结果显示，韩国六七十岁的老人因健康问题使日常生活受制约的一百人中不过七八人。或许会有一些小病，但不至于给日常生活带来不便。也就是大部分老人健康都没有什么问题，活得都很自在。再说现在医学发展得很快，很多不治之病也可以治好。

在我们这个时代，对待老人的看法，还和粮食匮乏的古时候没有什么不同的话，那么这可是所有人的不幸。人的身体如同机器，如果不使用就会生锈和退化。人的身体，是靠人的意念驱动。如果自认为老了，身体就会老化得更快，进取的泉源就会干涸，能量也就会消散。如果老之未至，就认定自己老了，其结果只是会“引火烧身”。

现在有一种说法，从二十多岁起就应开始理财防老。从根本上说这是出于对老年人身体变化的茫然的恐惧。一旦老了，体弱多病，也干不了大活儿，如果钱都没攒下来，那该怎么办？想想都有些可怕。所以把钱投入到保险、年金和积金上。当然，有备无患确实值得肯定。但是在防老的问题上，更重要的是趁早弃掉“老了就没用”的想法。就是这种固定观念，造成了“老之未至，人已先老”的结果。

如果年轻时就有“退休后就该停止一切赚钱行为”的想法，那就会消极于树立长远的未来计划。简单说就是会削弱生存的意志。所以，应该把防老的年金、积金、保险看作是退休后事业的种子钱。

我成为“公认”的，而且是自认的老人，坐地铁时就应该站在门口附近，不要靠近敬老席。我就不坐敬老席，不是为了装自己不是“老人”，而是因为我站着没有问题。敬老席，不是为上岁数的人准备的，而是为真正的体弱的老人准备的。

我们应该给我们的社会树立“老不等于老弱”的观念。只有“老而非老”改换老的观念，老人雇佣市场才会活跃，一定程度上也能解决老年贫困问题。那种“老人体弱，所以不能做事”的社会观念，让那些上了岁数的人真正变得很无力，且只能依赖，不能独善其身了。与其设敬老席让座，不如消除“老而无用”的观念，这才是真正关怀上岁数的人。

我偶尔也会在地铁上碰到捡拾乘客扔掉的废报纸的老人。他在纷扰的上班时间给乘客造成了很大的不方便，而我恻隐之心又发作了，不禁想到：这辈子何至于沦落到这种地步？但我又肃然起敬，因为是生活的困苦，他也是迫切需要捡拾这一张报纸换些钱，以解燃眉之急。这是靠劳动所得，不丢人。谁都不能无视或小瞧他为生存而挣扎的每一个动作。这总比茫然地等待别人的救济要强许多。

“我已经老了”，这个念头如同在石臼上自砸门牙。《楢山節考》中的老母是不得已的选择，而我们则不能自弃于楢山。人生是短暂，但又很漫长。如果老后的时光只是坐花攒下的钱，就如同慢慢地等死。

决不要干涉子女的人生

不要让期望成为枷锁，让爱成为牢笼。不要用梦想来碾压她，把信赖和自由给予你爱的人。你要做的就是搬去碾压她的轮子。

——赫尔曼·黑塞［德国］（作家）《在轮下》

我有一个患忧郁症的中年患者。他作为大学教授，也属于比较成功的知识分子。他的父亲做过长官（部长），也做过大学校长，是教育界的知名人士。和父亲相比，这位中年患者的成功显得微小。他作为儿子当然要尊敬父亲，但是他对别人拿他与父亲相比较非常敏感，并为此感到很大压力。他怕自己的病会累及父母，所以处处小心谨慎，但是非常在意父亲的一举一动。他的病症格外不好治，我就咨询前辈医生。结果得到的回答让我很意外，就是“那个父亲死了就好了”。也就是说只要这位父亲还活着，儿子就摆脱不了强大光环下的阴影。后来正如那些前辈所言，当他的父亲去世以后，他的病没怎么治疗就真好了。

对于子女而言，父母是墙一样的存在。子女们在墙的庇护下长大，成年后依然意识着墙的存在。一开始墙自然是子女的护盾，不过随着时间的推移，这堵墙逐渐成为阻挡子女前行的一道闸。子女如果翻越了这堵墙，就会完美地成长。但是如果这堵墙过高，过于结实，就会把子女强行地关在里面。有些子女是习惯于依赖父母的，一辈子都不想离开。如果形成了这种局面，无论是子女还是父母，都不会感到幸福。特别是一些老年父母，还在庇护不成事的子女。其实这时候的父母要替子女主动地打破这堵墙。把子女作为一个独立的人格体来加以尊重，接受其各个年龄段的合理主见，尤其子女成年后就不要随便指使，哪怕看着还嫩，不成熟，也要敢于放手。

孔子说“少有所养，老有所依”，我很喜欢这句话，虽然现在的趋势是晚年不依靠子女。我认为这个“依”，不一定非要是依靠和依赖子女，而是要信赖和尊重子女。

父母一代的年纪一旦超过了六十岁，就意味着子女的时代的到来，即家庭里升起了新的太阳。到了这个时期，子女应当能够掌握家里的“主权”，父母应该及时让位。无论是宇宙，还是自然，都有主流的力量。人的社会，更应有中心的驱动力，而任何组织都有实力派。家庭也如此，但是年老的父母却不能总是占据其中心位置。子女成年后，家庭仍以父母为主轴运转，则家庭所有成员都会感到疲困。

很多在社会上较为成功或拥有较多财产的父母，以及自认为人生经验更为丰富的父母，经常会抓住家庭主权不放。甚至直到离世，仍对子女下着各种指示，至死不愿信赖子女。传统上有这样一个风俗，婆婆直到临终才把“后仓”的一串钥匙交给儿媳。而现在的社会，婆婆们应该尽早地把理家的钥匙移交给儿媳，哪怕儿媳理家理出赤字。要相信后代只有让他们亲手试过以后才会过好独立的日子。

我记得有一位老绅士，担忧自己的独生子已经四十岁了还没有像样的职业，还在啃老过日子。这位绅士是会计师出身，他在社会上获得很大的成功，经济上也很充裕，而且积极参加社会活动，受到人们的敬仰。他的儿子自然衣食无忧，也得到了最好的教育，文化上的修养也很高，从小时候起父母就每日都带他去听音乐会。问题是儿子都已经四十岁了，这个家庭活动还在继续庇护着他。我听说了都感到很吃惊，我问老绅士他的儿子对此到底有什么想法？老绅士显得很无奈。说不久前好不容易和儿子分家过，但是儿子每月还是多次到父母家里，吃过晚饭后才回家睡觉，有时还干脆不走了留宿在父母家。老绅士担忧自己死了以后该怎么办。儿子会怎么过日子？

其实，这大可不必。某种意义上是老绅士搂抱着儿子不放。老绅士对儿子做到了至善，就不必再为儿子不能自立而感到自责了。老绅士应该明白“父母无法对子女负责到底”，不然很难维持健康的父子关系。父母在一定阶段养育子女后，就应该解放子女让其过好自己的人生。父母和子女都可以幸福的方法其实很简单，就是父母和子女忠实于各自的人生。如果子女的人生变得不幸，父母自然会担忧，但是父母真正能替子女解决的问题，其实并不多。

我听说电影导演李浚益的儿子在开肉店。著名导演和开肉店的儿子，在世俗的眼光里，怎么都感觉实在很不搭配，可是导演的儿子却喜欢自己的职业，为此而乐此不疲。应该说喜欢就好。做自己喜欢的工作，这就是乐趣和幸福。他的儿子在上大学一年级时问父亲：“直到世界末日还存在的职业是什么呢？”然后自己回答：“应该是吃的职业。”李导演的儿子就立刻退了大学，找了冷面馆、韩餐、日餐、中餐馆的厨房活儿，从洗碗做起，什么粗杂活儿都干，然后用这些经验开了一个精肉店。李导演说，他儿子的脸上始终洋溢着笑容，这应该是幸福的最好证明。

应该说，没有比儿子的幸福更让父亲感到幸福的事情了。尤其这个幸福是儿子自己领悟到的。李导演现在再也没有后顾之忧了，可以全身心投入到他的电影事业中了。

如果父母委屈地说:“这孩子我是怎么拉扯大的”

很多父母把倾注在子女身上的心血当作是牺牲。而且把子女看作是自己的分身，经常委屈地说着“你是我怎么怎么拉扯大的”。

但是，一方为另一方做出了牺牲的本身，就是一种错觉。养育子女直到成年后让子女独立生活，这是作为父母的道义所在。为子女尽责，不能看作是牺牲。

再则，子女不是父母的分身。子女是有权利在这个世界上，按自己的人格活下去的独立的个体。

为了保障子女的独立性，父母有必要做好准备。子女成长后独立出去经营自己的人生，父母应该在心理上首先做好准备，不因“空巢”而受伤，及时从照料子女的自我牺牲模式中解脱出去。父母长久以来为了照料子女忽略了自己，现在该轮到自己照料自己了，并且要主动地享受子女离巢后的崭新的生活。

到了子女该独立的时节，就欣然地让子女独立而去。既不要为此而感到委屈，也不要因此而感到惆怅。该离开时即刻离开，这是能给予子女的最好的礼物。当子女挣脱父母试图独立时，父母也应该努力从子女那里独立出来。

比攒养老钱还要重要的

我们现在最大的问题是什么？是相对的贫困感和贪欲所带来的痛苦。如果因能力不及贪欲满足不了，就该懂得换心态，安于现状。

——道显大师《宁静的幸福》

父亲的事业失败前，我是有钱人家的独生子。在我小的时候，过的是衣食无忧的生活，但记忆里从没有摸过钱。母亲给我营造了衣食无忧的环境，但是不喜欢儿子摸钱。如果需要向学校交费，母亲就把钱装进信封里给我。大概母亲希望我一辈子不懂钱的事。

结婚后，我就把装薪水的信封交给妻子，然后领零花钱。我妻子就像我母亲那样，替我管理钱。我平生都是这么活过来的，甚至不知道退休时，我的退休金到底是多少。真是惭愧，因为有两个女人，让我一辈子不用愁如何花钱的事情。倒也不是钱很多，我也有过因为没有钱，不能给孩子买玩具而心伤的记忆。但是，我从没有因为钱感到劳累和痛苦过。我天生就对钱没有感觉，从没有以钱为中心设计过人生，更没有过想赚钱或想做有钱人的念头。

20 世纪 80 年代，忽然刮起房地产热时，我正好领了一笔可以买一栋房子的基金，但是我偕妻子到欧洲旅游，将这笔钱全部都花掉了。我的妻子嫁给我这个穷老公时，只能在山上搭帐篷度过新婚之夜，当时我就向妻子发誓一定带她到世界一游，我遵守了这个约定和诺言。如果当时我用那笔钱在马粥街买一块地，现在可能是身价几百亿韩元的富翁了。不过，不管有没有这么多钱，买没买过马粥街的一块地，我的日常生活不会有多大改善。坦率地说，我结婚当时如果兜里有足够的钱，就不会带妻子到山上搭帐篷过新婚夜。当时我一点都不觉得自己可悲或者寒酸，也不为自己的处境愤怒，我觉得太自然不过了，现在不是没钱嘛。不是因为我的脸皮太厚，而是当时根本就没多想，只沉浸在爱情的幸福之中其他的也都没有时间去想了，也一点都不觉得对不住妻子，以至于妻子多年后终于忍不住透露当年是多么生气和失望。

后来我们在敦岩洞的山顶租了我们的第一个房子。在妻子的精心布置下，我们的房子真是充满温馨。在我们自己的家住第一个夜晚时，我按捺不住兴奋的心情对妻子说："以后几十年流过去了，我们也永远不要忘了今天的初心。”我和妻子去看我们的第一个房子，结果吃了一惊。原来房子这么破落，这么狭小，可当时为什么那么开心呢？后来我终于明白了在这个房子住的第一晚所说的“初心”，就是懂得安于现状的心。

钱，也考验过我。因为我在尼泊尔从事了多年的医疗援助，某电视台给我颁发了社会奉献奖，奖金有一千万韩元。听到奖金数额后，我开始苦恼：“这一千万该怎么花掉呢？带孩子们出去奢侈吃顿饭？或者修理房子？不行，这点钱是远远不够的。那么这钱该怎么花合适呢？”

就这么一千万韩元，就足够让我夜不能寐了。我才理解父母和子女间，为什么会为金钱而反目。因为电视台让我写获奖感言，我坐到了书桌前。我开始记录听到“千万奖金”后的心情变化，从“让我乐晕”开始写起，我记下了脑子里有过的各种花钱方法，最后写上了捐献给尼泊尔社工服务中心。人们听到我要捐献奖金，立刻报以热烈掌声。但是这些赞誉我只能心领一半，我作为大学教授、医生，享受着社会的种种福泽，如果对这千万奖金起了贪心，就太让我感到羞耻了。

什么叫懂得分寸呢？就是知道自己的处境，并安于现状。明明已足，犹嫌不够，这就是不懂得分寸。我现在并不缺一千万，但是险些失了分寸。人的过贪会带来亏虚，这个道理不能忘记。

现在的世道太过分强调金钱了，但同时认为钱一点都不重要的观点也是很普遍，用排斥的眼光看金钱和物质，认为幸福并不需要金钱。如果听信这种说法，钱的意义就会被歪曲，钱的价值就会被忽略。结果，即使有钱也不觉得幸福，即使没钱也不努力去赚。但是，在资本主义社会说钱不会让人幸福，其实就是疯言疯语。想在资本主义社会活下去，排到第一的就是钱。钱不是万能的，但没有钱是万万不能的。重要的是要看如何对待钱的作用，有钱是好事，正所谓君子爱财取之有道，正道来的钱，怎么花都舒服，怎么花都理直气壮。

所以，我们需要接受理钱的训练。我小时候未能从父母那里接受这种训练。我的孙儿们虽然还小，但对理钱却有着明晰的认识。我问他们想怎么花零花钱，他们都有自己妥善的花钱计划。如果对钱有正确的认识，而且善于理钱，就不会过上被钱左右的人生，任何时候都不会觉得缺钱。

人到老年，最能感到钱的重要性。因为不能劳动赚钱，钱是越花越少。如果不想到了老年为钱流泪，就需要从年轻的时候起练好理财的内功。不然，就算有了一百亿韩元，也不会花得幸福。如果没有钱更容易自认为人生不幸，陷入绝望。

对钱有正确的认识，才会造就幸福。老后可用的钱，来自过去的储蓄中。除了需要存钱，还需要存下心来。万一没有钱，该怎么生活，这个觉悟一定要存到心里。如果存了钱，老后或可以好过日子，但是不存下心，即使有钱了也会弄得很不幸。

在资本主义社会里，始终给人一种危机感。时刻提醒着人们，如果没有经济上的实力，很难过好晚年。如果想出去旅游，打打高尔夫球，去见亲朋好友，都必须用钱。如果不想被别人或子女瞧不起，就必须有钱。只有有钱了，才能过上有品位的晚年。应该说，这些想法也都没错。

可是，万一没有钱呢？钱花光了呢？一定要想好这个问题。没钱了，就不去旅游，不开私家车，不去花钱的地方，日子照样可以过，应该说这样的觉悟比钱更为重要。现在人的寿命有超过百岁的，养老要做很多的准备。如果存有这样的一份心，以后的日子不是更有底气了吗？

如果你因没有攒下养老钱而不安

为防老做准备的人，大多认为首先必须攒钱或赚钱。因为人的平均寿命已经变得很长了，在老后计划中资金一项已变得最为重要。

但是，不妨想一想“经济能力”到底指什么？如果把经济能力单纯局限在钱字上来理解，那相当于只在生物学的年龄层面上考虑老后人生。也就是靠攒下的钱吃喝玩乐，度过余生的那种老后人生。如果不改换对“经济能力”的理解，只能度过很无趣很无聊的老后人生。

把我拥有的物质的、精神的、人际的资源以及我想经营老后人生的诉求，结合到经济能力上，那么，“经济能力”的意思就完全不一样了。找到我老后可以做的事，把我的经济能力投入进去，那么老后的人生会更加丰富起来。哪怕攒下的钱不多，但是投入到可以赚钱的事业上再做努力，那么总比坐吃山空的灰色老年光彩得多。

从这个意义上说，攒下的防老钱不多反而可能是祝福。因为没有退路，会更加努力地投入进去。所以，不必因经济基础薄弱而害怕老年期。

不要试图教训年轻人

如果你不再期许

和平就会来临

而你得到了慰藉

就是幸福的滋味

所以你欢欣

两颗心撞到了一起

——黄大权［韩国］（作家）《野草的信笺》

在亚马逊丛林，有一个部族打猎后会把猎物摆到最年长者的面前。他们相信年长者会公平地分配猎物。这是信赖在险恶的环境中生存下来的年长者的经验和智慧。中国有“家有一老，如有一宝”的俗语，而非洲有“一个老人死了，等于烧掉了一座图书馆”的说法。在需要年长者传授生存所必需的知识的年代里，老人所拥有的知识、信息和智慧是无价之宝。

但是时代已经变了。过去父母一代所拥有的知识和信息确实比子女多，但现在却已是倒过来了。像我这样的老一代，是推着小推车在人生道路上一路奔命过来的，而现在的年轻人是开着跑车在高速公路上疾驰。

现在的年轻一代，每天都在接收着我们老一辈无法想象的庞大的信息，他们生活在充满信息的时代。比如智能手机，用巴掌大的东西打电话、看书、看电影、听音乐、看地图、购物，发生在地球另一边的新闻，也能及时掌握。如果想了解埃及金字塔壁画上的象形文字的意思，也能立刻查找得到的。所以，我是非常羡慕妒忌现在的年轻人。

在这样一个时代，倚老卖老地说“老人是宝贝和图书馆”什么的，很容易丢老脸。人生的智慧、生存的知识以及各种信息，现在看并不是藏在老人的头脑里，而是海量地储存在只需按几个按钮就能显现的智能机器里。

我倒不是想说老一辈因为不会弄智能手机等电子产品，就会落后于年轻一代。只是想说两代人在不同的环境中生活，思考的方式、做事的风格相互迥异。这是不争的事实。年轻一代可以迅速适应犹如光速变化的时代，并开发出新的生活模式。年轻人不恐惧新生事物，就是这一点就把上年纪的人和年轻人明显地区分开来了。人上了岁数，反应迟钝、动作迟缓是很自然的事。但问题在于一味执着于过去，只认为自己的经验特别而且正确，并以此看待年轻人，便是固执了。就是这种固执，导致与年轻人沟通的障碍，进而造成两三代之间的代沟，使老年一代自闭到自我的世界之中不能自拔。

“现在的年轻人太不像话……”有不少老人把这句话挂在嘴边。他们指责现在的年轻人软弱、自私自利、不懂礼貌、不懂挑战……他们真心为年轻人担忧，说“不能这么活啊”。然后以“我年轻的时候”为话头，开始对年轻人进行说教。但是，这些都不管用，而且反应多有不敬。为什么听不进去呢？因为忠言逆耳，良药苦口吗？

把别人的话当耳边风是年轻人的特点。就说我自己，年轻时也是如此。只要是妈妈叮嘱的，我都要忤逆着来。我命中犯水，妈妈绝对不许我靠近海边，我就有了逆反心理，那我就爬山。其实登山比玩水危险多了。

再则是两代人的青春的内容不一样。我们老一代，经历了战争和贫困，吃了很多苦。这是老一代人所处的时代的苦难，既不是勋章，也不值得炫耀；现在的年轻人享受着丰富的物质和文化，向他们讲述战争的困苦，极限和忍耐的故事，当然可能会听着不耐烦。

以前要去庆尚道，必须经过闻庆鸟岭，这是最快捷的近路。但是有了中部高速公路，闻庆鸟岭就变成了绕一大弯的远道。向年轻人灌输旧的价值观，相当于让他们一定要走闻庆鸟岭一样。如果聪明，就该对年轻人说“最近修了新高速公路，从这里走吧”。哪怕上了岁数，也应该适应时代的变化，不应固执地坚持着自己的经验，要从心里接受这个时代的变化与发展。

再说，现在的年轻人就过得轻松吗？理想、学业、竞争、相对的贫困感、人际关系、恋爱、就业，他们也承受着巨大的压力。老一代是在饥饿和死亡威胁、意识形态对立的恐怖中生活过来的，而现在的年轻人则有着其他方面的生存危机。当今的时代，呈现的是完全不同的社会文化现象，价值观也发生了急剧的变化。现在讲已经是很可笑了，不过几十年前论文中还有女性的智商远低于男性的内容。当时认为女性不仅在智商方面，而且社会的种种适应力方面都不如男性，令人匪夷所思的是，迷茫的人们竟毫无抗拒地全盘接受了那些观点。而在今天，韩国已经有了女总统，如果再讲“女人头发长见识短”等等的道理，不但会被人们所排斥，而且还会被人们所嘲笑。

其实，在任何时代，青春都充满疲惫和不安，困惑和恐惧。人活着，都要经过这样一段时期。不会因为特定的时代，青春会更加不幸。而且，每个时代都有属于它的困苦和混乱。我作为经历了这一时期的年长者，很同情现在的年轻人所经历的苦恼和挫折、矛盾。而且我怜悯面对着不安的未来而挣扎求存的青年人。

现在的年轻人说“因为痛，所以青春”，他们以自己的方式拼搏人生，我由衷地欣赏。如果老一辈用命令的口气教育他们该这样或者那样的生活，这本身就很没有礼貌。年长者不应该对年轻人说：我们曾经这样活过，所以你们也应该这样。其实年长者应该做的是激励和欣赏年轻人：你们做得很好。年轻人应该自己寻找和领悟自己人生的答案。年轻人应该活在他们自己的时代，即使他们要经历和我们相同的挫折，那也是他们应该经历的。

年长者们，哪怕年轻人夸耀他们的活力，无视老一辈的劝诫，也不要计较和太在意，还是由他们去吧。地铁的年轻人埋头看着手机，不停地用手指按动。上年岁的人望着他们，眼神表达的内容各不一样。有欣赏、有羡慕、有焦虑，也有看不惯。但是，希望年轻一代不要经历老一辈所经历的失败和挫折的心情却都是一样的。就像走出丛林的人，想把捷径告诉后来人，老一代都有这一份焦急。如果想叮咛年轻人“少时要努力，要坚持，要忍耐”，就要想出更有亲和力的方法。如果年轻人不听忠告，你千万不要诅咒地说：“以为你不会老吗 ？等着吧！”

人生是宽阔的海洋。我年轻时追逐的鱼群，随着海流和环境的变迁，可能不在原来的海域了。而且我当年打鱼的方式，现在可能已不具备生产性。当年轻的渔夫首次出征便挑战险恶的大海，老渔夫所能讲给他听的，只有生动的海的故事。如果年轻人能从中找出如宝石一般的智慧，那就是他一个人的幸运啦。

如果你爱说“想当年”

2007年我入学网络学院，同学们知道我是退休教授和医生后便不敢怠慢了。他们对我的称呼立刻变成教授、博士。我就挑明了对他们说：“你们就叫我学友好了，不然我就装作不认识。”

从此以后，同学们无论是网上还是网下聚会都叫我“学友”。从教授、博士降格为学友后，我非常开心。如果在虚心求教的课堂摆“博士”的谱，那会显得很可笑。在网络学院，我不是教授而是学生。

人越上年岁，越爱说“想当年”。如果与同年的人聚在一起回忆过去，“当年你如此，我也如此”太正常不过。但是几代人聚集的场合“说我当年……”，背后肯定有人会戳指头。

人上了岁数后，与其在年轻人面前摆谱，不如主动去讨好年轻人。这不是让你给年轻人献媚，而是主动参与年轻人所关心的事，努力与年轻人寻求共同的感受。特别是对待子女，真的需要一定程度的讨好姿态。不是以上压下命令子女，而是用拜托的语气说事。

不妨想一想，孩子们小时候是多么努力地讨父母的欢心，孩子们早就知道如果捣蛋会讨人嫌。而现在，该是父母向子女扮可爱了。这觉得丢份儿吗？不！如果想和子女过上幸福生活，这一定程度上的“份儿”，还是丢得起的。

但是，“扮可爱”不能丢掉风度。只是拿掉父母的尊威，不把心里的不满表露出来。而且要常常面带笑容，老年所经历的琐碎的身体疼痛和疲惫能忍则忍。而且用拜托的语气，而不是用命令的方式和子女沟通。如：“儿子，给你老爸一百块零花钱怎么样呀？”

今天过得不要像昨天

过了九十岁后

每一天都是那么可爱

轻拂脸颊的风

亲友问安的电话

到家里来拜访的人

他们都赠我

活下去的力量

——柴田丰[日本](女诗人)《不要变弱》

“希望同学们仍以崭新的精神投入到今天的学习中去。”这是我读小学时校长的训示。我上小学四年级时，韩国打败了日本侵略者，得到光复。当年新调来的校长每天早晨，都会把全校学生召集到操场上开早会。即早操结束后校长会照例训示一番，但是每天校长都会重复相同的句子。学生们早就听腻了，所以校长一上讲坛，学生们就抢先学一遍，然后乐不可支。但是校长依然严肃地喊话说："希望同学们仍以崭新的精神投入到今天的学习中去。"一直到毕业，我整整三年把这一幕当作是乐子看。而且随着毕业，我把校长的训示忘得一干二净了。

半个多世纪就像打了一个闪电一样瞬间就流逝过去了，我退休后的某一天独自坐在研究所里，忽然想起了校长的训示："希望同学们仍以崭新的精神投入到今天的学习中去。"

我终于体会和感悟到了校长训示的意味深长之处。崭新的精神意味着把头脑清空，不把昨天的心情带到今天，也不该把今天的心情带到明天去，要以崭新的精神面貌开启新的一天。

校长的训示，意在不让人生变得枯燥，哪怕昨天疲惫、消沉，有意外变故，今天也要保持崭新的心情。就像倒掉垃圾，清理电脑磁盘，应卸掉昨天的包袱，用崭新的精神来面对今天要做的事，要见的患者，以及会经历的事。在读医科大学时，教科书上有这样一条要求："诊疗患者始终要像待如第一次接诊患者。"这条要求的意思是不要对患者有成见，要集中到此刻的患者身上。要以崭新的精神状态迎接每一天的到来，换言之就是今天要集中精力做好今天的事，不能白白地浪费这一天。

虽是相同的一天，也可以是昨天的延续，也可以是新的一天开始。那么，哪一个更有活力，这其实不言自明。人随着上岁数，每天度过的日子可能越来越相似。这是因为人到老年，日常不会有很大变化。昨天即是今天，今天即是明天。每天重复着相同的日子，想起来就腻烦。有人在想我为何活成这样？心里萌生了自愧感。这时，你一定要打住。要铭记你是活在当下，只有今天才是你拥有的日子。

每天早晨，我都到三清洞公园散步借以开启新的一天。我一边散步，一边拟定今天的计划。其实也没有什么特别的：诸如老伴儿去研究所，首先泡咖啡喝，然后查收电邮、听网上讲课，阅览学友在留言板上的帖子。下午早点回家，今晚孙儿们要过来……

约翰·拉斯金说：“人生不是流逝，而是在填满。”也可以说我的日子不是在流逝过去，而是在填满我与生俱来应该具有的东西。所以，用崭新的精神度过每一天，才不会虚度人生。整整六十五年后，我才领悟到校长的训示，但我认为还为时不晚。

能够用人生的一天换回什么，这才是最为重要的。

怎样和我的老龄相处

上岁数有很多好处。锐气磨钝了，变得更宽厚了，而且更有耐心了。哪怕痛苦了，而且持续很久，我也知道终究会过去的。

——孔枝泳［韩国］（女作家）《我像雨滴一样孤单》

我访问过尼泊尔的蓝毗尼。蓝毗尼是佛教圣地，佛陀释迦牟尼诞生于此。二千六百年前，释迦族的王妃摩耶夫人回娘家生产，经过此地时有了产痛，遂在菩提树下生下了释迦牟尼。我认为蓝毗尼是绿荫馥郁的优美山谷，但实际上只不过是一个普通的园林而已。忽然，一群游客中传来熟悉的韩语。

“啊！这里就是蓝毗尼园？很一般，没什么可看的嘛。”

语气中充满了失望。为了瞻仰圣地而不远千里来到这里，所见到的也不过是尼泊尔的乡下风景，根本谈不上什么神秘，更没有什么神圣感了。可是稍懂一点佛教历史，你就会知道此地无处不圣。那棵沧桑的菩提树，二千六百年前肯定目睹过释迦牟尼的诞生。应该说，圣迹和神秘其实就隐藏于平实的表面之下。耶稣不就是诞生在伯利恒乡下的马厩里吗？如果能触摸到寻常风景下的二千六百年前的时间，蓝毗尼有无穷无尽的可看之处。如果只想用眼睛来看，会什么都看不到的。

上岁数后迎接的人生，犹如蓝毗尼园。如果用心去发现，会看到和感受到很多很多的东西。如果认为上岁数就是老而多病，那么除了衰老，确实什么也都不会有。在我看来，老年就是平静湖面上的独木舟。独木舟几乎没有移动，因为动力在年轻时已基本耗尽了。现在，就靠仅有的余力一点一点地划，独木舟的移动是那么的缓慢。因为独木舟很缓慢，风景流过去的也很缓慢。如此一来，平素见不到的，或者最微弱的动静也能察觉得到。树上的绿叶、树枝上筑巢的鸟和婉转动听的鸟鸣、泛起涟漪的湖面，或者手背上凸起的青筋也会带来新的憧憬和感悟。

老年是被允许迟缓的时期。老人怎么慢腾腾，都可以被容忍。老人如果在大道上奔跑，吃东西狼吞虎咽，或暴跳如雷发急火，所有人都会看不惯。老年又是充分感受五官细微变化的时期。虽然生物学意义上的感官质量会下降，但是靠心可以感受得更深刻更丰富。在经过长久的岁月积累下来的经验和充裕的时间结合起来之后，可以神奇地唤醒过去曾经忽略的感觉。而且通过这些感觉，还可以感受和体会到人生的许多新内容，这就是人的老年时期的精彩与奇妙。

我几乎每天都和老伴去研究所。研究所可以说是我们夫妇值得向往和欣慰的游乐场。在研究所，我和老伴都有自己的工作间。专攻社会学的老伴和作为精神科医生的我，充分发挥学识上有交集的部分共同研究家庭、老年、夫妇等多种人与人之间的关系。说是“研究”，其实大部分时间是写相关的文章或回答种种咨询。我是在网上听课，或写约稿的文章，或给问安的弟子们回信。因为老伴在隔壁，我心里很安稳。我虽然有糖尿病，也不妨碍老伴偶尔泡加了糖的咖啡送过来。这时，我会被咖啡的香味所陶醉。如果知交或陌生人来访，也是欢洽如故。其中有咨询特定犯罪心理侧写的记者，也有想了解登山的人。写字、喝茶、读书的时候偶尔抬头看看窗外，就会看到那块岩石。在漫长的岁月中被风雨侵蚀的石头咋看都是人的侧影。很多人说有块岩石长得像我。真的长得像我吗？我仔细凝神地看着……

年轻的时候，享受一份从容的机会实在是太少了。今天做什么？明天又该做什么？身心满负荷地运转。现在，我凝视着从大学时期就翻看的那些书，或者浴室上弥漫的雾气，看着儿子夫妇给我买过来当零食的煎饼果子，想起孩提时不知为着什么不依不饶纠缠妈妈的那些往事……上年岁后方睁开眼的感官让我体会良多。

当然，只有上了岁数才能够真切地体会到这些，否则，绝不可能。正如在蓝毗尼园那位有怨言的韩国游客。有位叫P. 麦克斯韦的人说："我很想对害怕上岁数的人说，其实老年是有新发现的时期。如果问到底能发现什么？我只能回答说'这只能靠你自己来发现，不然就不是发现了'。"

有一次，我和尼泊尔的朋友尼兹班达里做喜马拉雅高原徒步旅行，即用两周的时间步行到海拔五千米的一个高峰。我一步一步迈着，眼睛始终盯着似乎已迫在眼前的高峰。大概爬至半程的时候，走在前面的尼兹班达里忽然坐在地上，又叫我躺下来。他忽然问："李先生，你听见什么声音了吗？"

"什么声音？我听不到啊。"我侧耳倾听后说。

尼兹班达里就反复问我听没听见。我真有点不好意思了，就谎称听见了。然后我躺下，果然听到细微的声音。是草际虫豸的簌簌声，也有风声。侧脸一看，果然有虫子在蠕动，有蚂蚁在列队行进。啊，如此巨大的喜马拉雅山，也有这类微小的生命。我吃了一惊，我已经来喜马拉雅多年了，但是眼睛一直却只盯着高峰。

老年是通过日常琐碎之事也能充分感受到乐趣的时期。虽然变老是人类生物学上的共同现象，老去的面貌却是各不一样。岁月从我们身上拿走了许多，健康和能量，事业和欲望，还有未来。但是，仍给我们留下了许多东西，变得悠长的时间和懂得享受的从容，以及可以深刻地去观察世界的眼睛。就靠这些，我足可以享受我的余生了。

天气骤冷了几天，研究所的水管冻住了。每年隆冬都有这么几天，今年也没有例外。老伴儿担忧出不来水该怎么办，我说这就去看看。其实我并不担心，因为到三月份肯定会融化开。我想这就是老年人被允许的从容吧。

如果我笑了，老伴儿也报以一笑

如果把你我的“不同”看作是“错的”，不认为是生来具有的个性，那么就会留下创伤。就像初遇时那样，把你我的“不同”看作是开心的事情吧。如果随着岁月，“不同”的东西正在变成“错的”，那么就付出两倍的努力来相互关怀吧。

——崔一道牧师［韩国］《把珍重一点一点积累起来》

我在厨房喝着咖啡，瞅了一眼老伴儿，老伴在电脑前正写着什么。可能是眼睛看不清楚，老伴蜷起身子向显示器靠了过去。我们结婚已经有五十年了，我和老伴儿一起生活了半个世纪。我忽然不可理解地自问道，在这么长的时间，老伴儿是怎么接受像我这么固执的男人的？我记得老伴儿说过，现在已想不起三十多岁那一年是怎么过来的了。因经济上的困窘，为了养育四个儿女，记不起时间是怎么熬过来的。老伴儿对那一时期关于我的记忆，也就是因示威而身陷囹圄、每月交上微薄的工资、在医院忙得不可开交等这几个印象。老伴儿说像是把整个三十岁那一年给删除掉了似得。我听着又是歉疚又是不安，想着睿智如我的老伴儿，心底也有一块阴影。我心里很痛。

我老伴儿是我妹妹的朋友。我们从小相识，老伴儿考进大学后，我们就有了信件的往来。老伴儿考进了首尔大学，我在大邱念书。我忽然听到老伴儿要相亲的消息，就赶紧给老伴儿写了封求婚信。我在信上只写着："我想和你〇〇。这个〇〇你自己来填。"老伴儿说："这个〇〇可填的太多了。"最后她觉得该填的是"结婚"。现在回想起来，没有比这更可笑的"求婚"了。

我们两人都很穷，甚至没有钱租场地来办婚礼。我们就穿着登山服，背着帐篷坐火车到山里。在深山里的被风吹得摇摇摆摆的帐篷里，我和老伴儿度过了新婚第一夜。

我说："以后赚钱多了，就到世界一游吧。"

老伴儿幸福地点点头。

回想起来，我和老伴儿，与其说是感情热烈，不如说是像兄妹那样情笃。我们不是突然陷入爱河，而是像流水一样自然而然地走到了一起。我们更多的是相互看作同事和伙伴，这是因为我和老伴儿都是学者。我们夫妻在五十年的岁月里没有闹过大矛盾，就因为这种伙伴关系。不是靠“爱的热情”，而是靠“爱的管理”。

我们如果意识到正在吵架，那就立刻停下，然后用礼貌用语接着吵。夫妻一旦吵架，心中会立刻滋生出各种否定对方的情感。如果用礼貌语吵架，就可以有效遏制消极的情感。我和老伴儿一直努力用合理吵架来消除矛盾。这种努力积累下来，结下了相互珍重的果实。

婚姻是相遇的两个人作为伴侣共同打造丰富多彩的人生。决定婚姻幸福的，不是经济能力或者学历，而是分享喜悦、共担悲伤。幸福就是在这个过程中产生的积极的相互作用。两个人如何解决相互间的不满和矛盾，会决定一对夫妇是否拥有幸福的未来。

我在诊疗室就曾遇到过这样一些问题夫妇，他们都诉说“我的老伴结婚到现在还是那个样子”。无论是四十多岁的中年夫人，还是七十多岁的老绅士都这么说。人，真是很难改变。丈夫不会变，妻子也不会变。但是都盼望自己的配偶可以为自己做出改变。这样等候十年、二十年后，老夫老妻终于反目成仇。接受配偶的本来面貌，如果有不足，只是希望稍稍做出改变，这是维持幸福的夫妇关系的秘诀。

虽然人的天性、习性不会变，但是随着年龄增长，容貌或性格的一面还是会有所改变的。尤其是中年以后的夫妇更要接受配偶此刻的面貌。男性进入中年期后，攻击性会转向亲和性，女性则感情表达更加自由，而且毫无障碍。这时，丈夫不能固执地保持权威的姿态，强求妻子继续低调和逆来顺受。而妻子也不能因上岁数的丈夫在情感上有依赖倾向而感到负担。重要的是相互认可这种变化，而且尽力要适应这种变化。

随着岁月的流逝，人到中年，继而到了老年，此时身体已缺乏力量，社会影响力也消失殆尽。在这种惨淡的时期，我身边最好的朋友，而且最重要的人就是我的配偶。对于夫妇，另一半是绝对的存在。不是子女、亲友、邻里等其他人所能替代的。在一个屋檐下共同生活长久的岁月，一起养育子女，一起体验时代，夫妇是人生的共感者。老夫妇是一起变老的同志，也是一同享受变老的乐趣的伴侣。

如果想增进夫妻关系，重要的是要从一开始就付诸努力。与其到老年才想方设法增进感情，不如从结婚时就应在相互努力中尽早实践。因为感情是积累下来的，不是因为采取了增进的方法就立刻能见效的。况且，根本就没有这种快速递进的方法。

对我来说，老伴儿是我人生的“同事”。遗憾的是，我们夫妻缺乏那种小日子甜如蜜的卿卿我我。我偶尔向年近八旬的老伴儿撒撒娇，但是老伴儿根本不吃这一套，老伴说，别闹了。都多大岁数了，正经点。我倒觉得，老夫老妻还是应该有些小情趣，这样晚年才会过得更有乐趣。

现在，我如果对老伴儿一笑，老伴儿也会报以一笑。如果老伴儿对我一笑，我也会报以一笑。其实这样也就足够了，真是太感谢了。

如果你担心配偶先离世

在20世纪60年代，韩国男性的平均寿命是51.1岁，女性平均寿命是53.7岁，也就是夫妻寿命相差不过平均2.6岁。但是2000年重新统计的结果，男性为71.7岁，女性为79.2岁，女性配偶平均要多活7.5年。现在又过了十多年，寿命差距可能进一步拉大了。加上男性配偶一般会年长三到四岁，女性要在失去配偶的情况下多活十多年。

在经济等多方面需要依靠丈夫的女性，如果失偶而独自生活，那会遇到许多想象不到的困难。有人会说，只要有钱就可以了，但事实上是有很多困难是金钱无法解决的，有许多东西也不是钱能买得到的。可能有人会觉得孤单也是一种潇洒，不过可以肯定的是，上岁数后夫妻相守的生活质量，总比一个人的孤寂要好些。而且，老夫老妻的拌嘴和唠叨，相互也能刺激出生活的活力呢！

前梨花女大教授金初江说："夫妻应该立'不让老公先走'和'不走在老婆之前'的'作战计划'。即夫妻为健康努力，为生计和共同长寿立下长期的计划。"白头偕老，这句话最近已经被当作"老古董"了。但我觉得只有珍视相守一生的缘分，为自己的另一半奉献一生的挚爱，这才是最具美学价值的夫妻关系的真谛。如果想一直吃到老婆端上来的热乎饭，就要珍惜自己的老婆，用心聆听老婆的话；如果晚年不想做寡妇，就要做好老公的健康管理，同时让老公始终保持积极向上的心态。

为什么老人的耳朵很大?

如果有人侧耳倾听你的肺腑之言，你会感到很兴奋。如果有人能聆听并且理解我，我会用新的眼光看待这个世界，这又让我继续前进。

——马歇尔·卢森堡［美国］（心理学家）《非暴力对话》

六十多年前，父亲牵着我去大邱庆北中学参加入学考试。父亲指着校门口的柳树说：“这是我当年上这所学校的时候种的。”我看着这棵柳树想：我一定要考进这所学校，在父亲学习过的教室学习。我上中学不久，七星洞修建综合体育场，我们学校也被动员起来，去种了梧桐树。后来我结婚，做了父亲，就领着儿子去看当年我种了树的综合体育场。我指着梧桐树说：“这是爸爸上中学时种的。”儿子只是说“是吗？”儿子不太理解我为什么领他到这里。我在少年时期，因看到爸爸在少年时期种的树而感动，但是相同的情景却打动不了我儿子。我本来想热乎乎地营造父子间的感动时刻，但是讨了个没趣。不过我也有心得，那就是在相同的情景下，我和儿子的感受也有可能不一样。

不仅是父母和子女之间，所有人之间也都是如此。我们很容易认为，对方的想法会和自己一样。如果不是，就觉得对方不可理喻，进而产生误解。而误解会产生隔阂，让关系受到损坏。认为对方不理解自己，往往是矛盾的起因。其实别人不理解你，也是很正常的。

如果能站在对方的角度想问题，那就能有同感了。同感是一种关怀，通过换位思考理解对方为什么和自己的想法不一样。同感与关怀的能力越强，人生经验就越丰富。这是就一般情况而言，但也有特殊。因为上了岁数后，无论身体还是精神都会变弱，人的性格就会变得被动。进而总想依赖谁，以自我为中心想问题。如果他人有违自己意愿，就容易赌气和发脾气。所以就有了“老了会变成小孩”也就是“老小孩”的说法。如果了解了这种上岁数后的性格变化，就可以有效控制上岁数后的想法和行为。而且，只有付出这方面的努力，晚年才能和配偶、子女及孙儿辈相处好。

我孙女小时候，并不喜欢我。随着我们过大家庭的日子，晚饭要一起吃，孙女满脸是讨厌我的神情。我问为什么？孙女说我吃饭老是掉饭粒。在孙女的眼里，爷爷捡吃掉在衣襟上的饭粒的样子很邋遢。我知道了缘由之后，就努力不掉饭粒。孙女画全家福的时候，把猫都画了进去，但是没有爷爷。不过那一年孙女终于亲手画圣诞卡送给我了。“虽然是孩子，但是因为掉饭粒就讨厌爷爷，这像话吗？”我本来也可以这么想，并且发一顿火。但我又想孙女喜欢洁净，她有充分的理由这么看我。我一旦想通了，问题解决起来就简单了。

上了岁数后与人产生矛盾，解决的最好方法就是聆听。而且听着对方的话，不要表现出习惯性的冲动。首先侧耳倾听，感受自己听着这些话心底有什么反应，接着再想想自己其实要的是什么，然后坦率表达出来。如果和家人闹矛盾，也需要坦率地表达自己所希望的要求，然后找适当的妥协点。

在人的身体上，耳朵的生长期最长，所以老人的耳朵大。不是大耳的人长寿，而是年岁高了耳朵自然会变大。那么耳朵大，是否也可以理解为老人该侧重聆听了呢？

不要辩解，要宽厚待己

不要辩解，也不要掩饰，直说你所看到的。那么你会找到洞悉真相的新的角度。

——维特根斯坦［英国］（哲学家）

以前有家报纸连载《我的履历书》系列文章，内容是社会成功人士回顾自己的人生，其中多有政界人士。看了几期文章后，我不禁有些疑问。虽然这些成功人士的履历罗列了许多值得夸耀的业绩，但是查其资料发现在他们担任公职期间出了不少事，甚至有受贿的劣迹。也就是说，他们只是一味地粉饰自己。那么，这些“履历书”还有必要读吗？

我曾劝已故的梨花女大校长金玉吉先生写自传。先生说没有自信写。因为一旦写了难免在事实上加几笔，而她不愿有任何修饰。我本来认为既然是自传，润色几笔也没什么问题，但是先生的一席话让我汗颜。

没有人一生都走坦途，没有人一生都在成功。而且不可能事事都能成功。有失误，有失败，也会有错，然后间或成功。当人回顾一生的时候，其着眼点可能都不一样，但是大多数人只会记忆成功的和好的一面，而做错的和失败的一面，就不容易拿出来公开说了。

一次的失败并不等于人生的失败，同样一次的成功也不等于人生的成功。成功和失败，好的和坏的，全部串接起来才是完整的人生。只有如此，才能真实地再现自己人生的全貌。如果有人能够客观地评价人生的污点，他会得到我的尊敬。那些敢于揭露人生羞耻的人，才是有勇气的人。

人上了岁数，就要宽厚待人待己。这个宽厚包括敢于直视自己所犯的错误。如果能坦诚地面对自己，就说明这个人的人生这坛老酒已经酿熟了。

我前半生和后半生所教的学生，对我而言可能有截然不同的印象。我年轻的时候，只给学生们讲了我的人生中的好的一面和成功的事例。但是上了岁数后，我就会毫无掩饰地给学生们讲了我失败的事例和让我羞耻的故事。意外的是我后半生的学生响应度更高。“啊，原来教授曾经也是这样呀”，“我可不能犯教授那样的错误”，学生们与我产生了共鸣，而且吸取了经验和教训。有一次，我在网上学院留言板发文，有跟帖说：“先生如此坦率地说出别人看来是羞耻的东西，真是让人感动，这也是先生的优良品质，敢于说出自己的不足，才能容忍别人的不足，这才是大智若愚。”

世上最难的三件事，据说是以德报怨、接纳寡助者和承认自己的错误。有一次，我在杂志上读到了一则令人印象深刻的报道。一个父亲忽然辞世，子女们举办葬礼后才向周边的人发了讣告。讣告的内容令人感动大概这位父亲在世时惹了不少事，周边很多人深受其害。在子女们看来，父亲确实做错了。所以他们在讣告上写明父亲所犯的错，并代父亲谢罪。父亲没有得到宽恕就离世，子女们希望父亲的灵魂多少能得到些安息。这个报道很特别，所以会给人以特别的印象和思考。

我计算过，活过来的日子要多于剩下的日子，人到了人生这个节点上有必要回顾这一生的失误、失败和做错的事。能写下来就更好，但这不是“忏悔录”或者希望得到宽恕的“告白”。而是有什么就写什么，写出本然的样子，这才是回忆录。无论是怎么活过来的，把一生所经之事坦陈出来，这才是总结人生的最好的方法。都应真实地把一生的包袱轻轻爽爽地抖个干净，才可以坦然地站到人和神的面前。如果后辈们能通过我的经验和教训能学到点儿什么，那么，这就是我留下的最好的礼物。

如果你因往事追悔莫及

“当时我做不同的选择呢？” “为什么偏偏发生在了我身上？” “当时我再忍一忍就好了……”

任何人都有一段不堪回首的遗憾终身的和追悔莫及的往事。人越是上了岁数，就越容易沉浸在这种回忆之中，在万般悔恨中不能自拔。明明已成为了往事，但经常会让往事阻隔现实，并为现实带来不应有的负面影响。

佛家有语：所立之处，花席而坐。即不要不依不饶地看过去，也不要拼死拼活地看未来，应该认认真真地看当下。其实说着很简单，真想做起来谈何容易？如果想实现心中的理想那就必须为此作出努力。过去不会给我们留下任何值得可以挥霍的东西，未来亦如此，我们只是认真地活在当下就可以了。

为了去看石佛像，我数十次去了庆州南山。石佛像在岁月的侵蚀下剥落、碎裂乃至毁而不见，但仍有一百多尊石佛。新罗人为什么雕了这么多石佛像呢？是新罗人想在南山建造极乐乡吗？与其死后前往西方净土，不如在现实打造一块极乐净土，得闲时来此一游，以忘却人生之苦。

过去终究是过去了。然而活得越久，我会得闲越长，人就越容易缅怀过去。当然，能把过去忘掉最好，但这是不可能的事。那么不妨偶尔也可以回去玩耍，无聊时亦可以置身于过去，重温那幸福的和不幸的时光，这样终究是可以理解的好事。

Chapter 3

如果我不惑之年 知道这些多好

从生到死，每一个刻度都充满了乐趣，
都有属于那一刻的，那一时节的乐趣，
如果懂得了，人生就没有虚度。

你在嗟叹“人生不如意”吗?

刺激和反应之间，有一段空间。在这个空间，我们拥有选择反应的自由和力量。而做出的反应，将决定我们的成长和幸福。

——史蒂芬·柯维［美国］《如何有意义地生活》

我有一个朋友在老年医院做医生。他向患者们调查“一生中最后悔的是什么？”，最后统计发现排到第一位的是“未能按自己的想法活”。换句话说，就是这辈子是一个不如意的人生。但果真如此吗?

我曾对老伴儿用开玩笑的口气说：“事事不如我意。”结果老伴儿说：“你到大街上随便拽一个人说你的故事，肯定都说你活得很称心。”

老伴儿说得没错。在别人眼里，我是个自我主张很强的人。可以说，我这辈子基本上是按着自我主张活过来的。但是，别人眼里的“我”和自我感受到的“我”毕竟是不太一样的。因为这个差异，我才觉得自己活得不如意，可别人看不到我的内心，只认为我活得已经够随心所欲的了。

可是从大的方面看，任何人都不可能活得随心所欲。首先，父母把我生下来，这和我的意愿无关。而且没有人可以事先选择好父母和环境后再生下来。人活一辈子要和无数的人打交道，所以想做什么就做什么，其本身就是不可能的事，除非像鲁滨逊一样活在无人岛上，那应该是一个十分特殊的个例。人生下来，就要和许多人结成关系网，并交互着影响决定自己活下去的行为。而每一个动作能体现多少自我意志，这会决定活得如意还是不如意。

正如老伴儿所说，我确实是按我自己的想法活过来的。我小时候因伤寒差一点死去，从此之后我在母亲的过度保护下成长，这期间我受到了许多精神上的压抑。我一直为摆脱这种压抑而努力和挣扎，最终驱使我按自我的意志闯人生。

因为小时候身体孱弱，我经常被街头坏小子们欺负。于是我学好唐手，从此得以在大街上可以昂首阔步。在“4·19革命”和军事独裁的时代激变期，我作为庆北大学医学院的学生会主席组织示威活动，结果被关进了监狱。在牢房里，我有时间直面自己，认真思考我的人生问题，在我的感觉中，这反而让我度过了生命中极有意义一段时间。

我对人生目标的追求是执着的，在我持续的努力下，我终于有了去喜马拉雅的机会，这是我梦中憧憬的，但是没有钉子鞋，我就转遍铁匠铺给球鞋装铁钉。我做了精神科医生，但是韩国精神医学的环境太贫瘠，甚至没有可读的医学书，于是我就自己动手翻译外国的书籍。

回顾过去，无论我想做什么事，都会遇到一些障碍，但我都会努力翻越这些障碍。在这一点上，我算是按自己的想法活过来的吧？心之所向，人生不会预先给你铺设轨道。或者如真有这么一条轨道，你反而要小心，因为不知道这条轨道会把你带到哪里去。你想做的事，只有你翻越并战胜了障碍才算是做成了。只有这样的人，才有资格说“按自己的想法活过来了”。

上岁数后觉得“活得不如意”，这与其说是后悔人生，不如说是人生有遗憾。人在境遇中的选择积累出了人生，当初做了不同的选择呢？人总是会想这类问题。

相比没做成的事，更后悔没去做的事，这是人之常情。但是往事不可追，人生本来就是不如意事常八九。人上了岁数，要对自己宽容一些才对，更要肯定自己走过的人生。

那么什么是“如意人生”呢？我个人理财，那就是随心所欲，人生最大的幸福就是什么事都能做成。人生意义是过程，而不是结果。只要认真地走过了，就不该后悔。其实，不该受到干涉和束缚，人生最大的幸福就是能够自由自在地做任何自己想做的事。当然，这里面还隐藏着无论做什么都可以心想事成的内心的愿望。其实所有人都梦想这样的人生，这是人生的最高境界。当然这是神话，不是现实。

但是谁又能真正拥有随心所欲的人生呢？谁又能自己动手打造自己独立自主的人生的过程呢？在人生中遇到种种障碍时，发挥自己的意志和能动性去克服，在任何境遇下都不屈不挠，坚持自己的人生方向，这才是“按自己的想法活”。如果你抱怨“人生不如意”，首先要问自己是否付出过足够的努力。

须正确理解“乐观”的含义

看我年轻时候的照片，给人一种强悍的印象。高个头，眉毛粗黑，嘴角带着坚毅。随着时间的流逝，我的棱角全都变得柔和了，如果再有白花花的胡子，肯定是一位标准的圣诞老人。上了岁数后拍的照片，我的眼睛和嘴角始终都挂着笑意。

如果乐观、知足，且又懂得感恩，人就能得到一张平和的脸。但是，很多人误解“乐观”的含义，以为乐观是一种盲目，可以无条件地承受坏的和糟糕的事情。

真正的乐观，首先会正视自己所处的状况，然后找解决之策。乐观是能把人生引向好的方面的正能量，乐观的人明白自己身上不会只发生好事。有了这样的态度，才能在糟糕的境遇下控制自我，规避最坏的局面。

无论是谁，早晨醒来，身心都有些滞重。在匆忙地做好上班准备之前，不妨短暂地想一想今天会发生什么。乐观的人，相信今天肯定有好事等着我。而真正乐观的人相信，无论发生什么都有办法去解决。有了这样的心态，也就决定了这个人在一天将会处在怎样的状态，而这样的一天一天积累起来，组成了人真正乐观的一生。

父母能留给子女的最好的财产

所有的城市和建筑最终都会消失，无论它们是建得多么结实，或给建造者带来多少。在重力的作用下，一切都将坍毁。不过我们的记忆是真实的，就是曾生活在那里。这是永恒的事实。

——承孝相［韩国］（建筑师）《久经岁月的都很美丽》

我在网上学院的留言板上贴我小时候看到的和经历过的故事，反应却是意外地好。如妈妈把邻里胡乱转悠的“疯女人”领进家里做一顿饭给她吃；小学做体操后仰翻时和一个女生对上目光；很想住院躺在病床上；希望被车撞等等，都是懵懂的孩提时代的琐事，不是什么特别的故事。

其实，谁都有关于妈妈的暖心窝的故事，谁都有邻里“疯子”的故事，谁都有小鹿乱撞心头的青涩故事。只是我讲的故事像开关一样唤醒了更多人大脑里沉睡的记忆。正如安东·施纳克在他的随笔集《让我妈悲伤的》中所说，儿时的所有故事都会像星星一样在人生的天幕中闪耀。虽然不可触及，但是闪烁着，总会让你什么地方温暖起来。

我老是沉湎于过去，看来不得不承认自己已经老了。忽而像弹簧一样蹦出来的记忆让我微笑、让我平静，进而让周边的人也热乎起来。人生是一连串小故事的连续，这些貌似无聊的小情节汇集起来，组成了人生的主纹路。我倒不是说要每时每刻都要认真过活，而是强调有必要给自己营造美好的记忆。

那么，什么是美好的记忆？那就是开怀的事，幸运的事和成功的事。应该说，在每一次境遇中，我都为求善而努力。这个过程，就是美好的记忆。不知从何时起，我每事都努力选择让我愉悦的方向。无论是工作、学习、兴趣和义工活动，都是为了让我的人生愉悦而为之。

当我过了四十岁后，有笔理财型储蓄到了期，我领到了一笔钱。那是 1973 年我跳槽到梨花女子大学后，每月自动把部分工资存进理财账户里，久而久之自己都忘了，直到储蓄期满的 1983 年，发了一笔一千万韩元的“横财”。于是，我毫不犹豫地拿着钱径自奔到旅行社，要他们给我制订一千万韩元的旅游计划。

我结婚时太穷，甚至没钱租一个举办婚礼的仪式场。我当时对妻子说："以后赚钱多了，就到世界一游吧。"当时我们都很穷，说什么大话都没有压力，我只是想让妻子开心。但没想到我真的可以履行当时茫然的约定了。我既惊讶，又感到神奇。

这笔"横财"该怎么花，我其实没有和妻子商量。当时房地产刚刚热起来，一千万韩元足以在郊区买一栋房子。如果买房子租出去，每月收入肯定不菲，养老也会有保障，当时，我的脑袋里充满了终于得以如愿以偿的喜悦和想象。因此瞒着妻子悄悄制订旅行计划。当时女儿正在读高三，很快就要考大学了，须准备学费。听到此事后，妻子目瞪口呆地盯着我看了半天，但还是跟我出去看世界了。我们花整整四十天逛遍了欧洲。我们投宿豪华酒店，观赏以前只能看照片的名画。我们在巴黎凯旋门前铺席而坐，一直闲聊个不停。那一千万韩元就这么花掉了。

旅行回来，钱也就没有了，但是我们一点都不后悔。我和妻子留下了旅行的愉悦和美好的记忆。我偶尔会问妻子："当初买栋房子赚更多的钱好，还是现在留下的美好的记忆更好？"

妻子每次都是不置可否地报以微笑。

我也努力尽可能给孩子们留下美好的记忆。婚后我们的第一个家，虽然房子很小，但是我还是亲手装扮孩子们的屋子。我把屋子改造成潜艇的样子，屋顶开出天窗，立一个长棒连起来。我小时候住的大邱的房子，院落里有一棵高大的柿子树，如果爬上柿子树，大邱街景便可一览无余。从高处俯瞰的风景很神奇，久郁的胸襟会忽然敞开。我小时候在妈妈的过度保护下，活动范围被限制在从家到学校的两点一线上，柿子树成为我唯一的躲避处。我凿开孩子房间的屋顶得以看到天光，这可能是出于小时候的思维。如果爬长棒上了屋顶，就可以眺望远处，夜里星光就会倾泻进来。我的长子能够成为天文学家，大概不是偶然。作为父母虽然未能给孩子们打造丰富的物质环境，但是我努力给孩子们留下幸福的记忆，我想这会给孩子们留下美好的追忆吧。

日本儿童教育家金森说："父母能留给子女的最好的财产不是物质，而是子女们感受'我的父母这辈子真是活得幸福愉快'。"

人生美好的记忆，是由我的选择促成。我只希望我人生的最后面貌不要给人留下坏的记忆。所以我坦然接受衰老带来的身心的疼痛，努力让自己愉快起来。我虽然对子女没有百分之百做到位，但我至少想给他们留下父亲幸福生活一辈子的记忆。

终有一天我会离世，我希望到了那个时候，我的儿子、女儿、儿媳、女婿和孙儿们在我的忌日那天能聚到一起，吃着美味的东西，追忆着他们的父亲和爷爷。他们用各自记忆中的拼图来拼出关于“李根厚”的美好记忆，然后开怀大笑。哪怕不好的记忆也可以，这也许能帮助他们分解生活上的艰辛，在追忆中相互温暖慰藉。想到这里，我的心又开始热乎起来了。

如果了解自己，就不会与他人竞争

“为什么要倾听自己的心声呢？”

“因为你心之所及，就有你的珍宝。”

——保罗·柯艾略［巴西］（作家）《炼金术师》

李时炯博士既是精神科医生，也是畅销书作家。他和我是初中、高中同校，年级比我高一年，加上我们又是同一个职业，可以说渊源已经相当深了。有一次，电视台把我们叫到一起做访谈节目。电视台的意图很明显，有意给我们制造“小矛盾”，让我们激辩一番。还有一家报纸，让李时炯博士分析女性心理，让我分析男性心理，每期交替着连载了两年。

还有一些人当面问我怎么看待李时炯博士获得的成功，意思是想问我有没有嫉妒朋友的成功。坦率地说，我和李时炯博士是相互知根知底的，所以说竞争是无从谈起的。简单说，互相太了解了。

李时炯博士头脑非常灵活，而且讲究实效。他二十多岁时自愿加入空军服役，一次演习，他在日本东京机场未能赶上该乘坐的军机。于是，他立刻给美军远东司令部打电话，让美军把他捎回去。作为下级军官，他的举措很容易被推上军事法庭，普通人是想都不敢想的。但李时炯博士知道这才是解决问题的最快捷的方法，并敢于付诸实施。

李时炯博士在美国念完耶鲁大学回国后，还发生了这样一个故事。当时，韩国学界对留学派抱有排斥心理。一次在精神医学学会，A 教授说他看不惯李时炯博士，我问为什么。他说："太傲慢了，不就是鼻梁高嘛！"我心想，这种怨恨念头，最好尽早解决。恰好这时李时炯博士从身边经过，我就叫住他介绍给了 A 教授。我说，李时炯博士是我中学高一年级的校友，刚从美国留学回来，希望 A 教授多多关照。A 教授觉得很尴尬，他就毫不客气干脆说："我刚刚说你坏话，说你鼻梁高，太傲慢。"李时炯博士笑着就说："啊，你说的没错我是傲慢了点，真的太对不起了。这个可以改，可是，这个鼻梁没法用刨子削薄，这可怎么办呢？"这下，我们三人就忍俊不禁地笑了出来。他这种豁达诙谐的态度，很快就得到了人们的喜爱。

李时炯博士对钱的态度也很明智。三十年前，作家或者教授们很不好意思开口提及稿费，所谓君子不言利，生怕被人说成见钱眼开。我喜欢写文章，对于稿费我采取“给，当然好；不给，就当没写”的态度。但是，有一次，记者主动问我：“先生，稿酬怎么算合适呢？”因为这次和平时有点大不一样，我就问其缘由，原来李时炯博士堂堂正正地开口索要过稿费。从这时起我才正常拿到稿费。

李时炯博士非常了解我。一次，他偶然听到我的弟子们背后议论我，就斥责他们说：“你们根本不懂自己的恩师，没有资格当精神科医生！”因为医生的职业是和人的生命打交道，医学院的学习氛围非常紧张，但是我比谁都强调自由学习的氛围。所以，一些学生觉得我松松垮垮的，就背后议论。李时炯博士非常了解我外松内紧的教学方法，所以指责他们连自己恩师的心性都不了解，怎么能当好精神科医生呢？

我们就是这么相互了解，所以我们之间没有那种别人臆测的嫉妒和竞争。正如前面所说，李时炯博士具有创造性和追求实效的心性是他获得成功的重要原因。现在，韩国人对心理学和精神医学没有排斥感了，这都得益于李时炯博士。他的畅销书《人活着要有底气》，强调人必须得活得像自己，不能看别人脸色或者怕丢脸面。他所说的底气是什么呢？就是人应该有一颗自爱的心。我也像李时炯博士那样，就是力挺自己，为什么要看别人的眼色？他向大众浅显易懂地传播了人的成功终究取决于爱自己的程度这一简单的道理。而且，他用自己的人生态度和作为言传身教生动的事例来证明了这个道理。

人如果爱自己，就会有自己的主见。不该看他人的眼色行事或纠结于世间强加给的不平待遇，要凭着自己的信仰追求自己的目标，不要与他人竞争，只专注于自己能做的和必须做的。人如果想爱自己，必须首先了解自己。如果能真正了解了自己，人生就会轻松很多。该怎么走过人生，会给自己立一个标准。

我是上了大学以后才开始客观地看待自己的。我在小时候，在母亲过度的保护下长大，我始终挣扎着摆脱妈妈的庇护。但是很不容易，至多是逆着妈妈的意思来。如妈妈不让我靠近海边，我就去爬山。上大学时积极参加示威活动也是出于这个原因。最终我作为“4·19”反独裁示威的“主谋”被关进了监狱。和我同关在一个牢房里的，有死囚和小偷。小偷只判了十个月，他怨天尤人，愤愤不平，每天眼巴巴盼着出狱的日子。而那个死囚却是达观而坦然，俨然是位得道的高人。其实，比小偷更冤的应该是死囚，我看着他们开始认真思考什么是人，什么是人生。就是这个经历，最终促使我选择了精神科专业。

随着专攻精神科专业，又学习精神分析法，才开始了解我自己，又治愈了内心的伤痛，得以从欲摆脱妈妈怀抱的压抑中解放出来。这全得益于我终于了解了“我”是谁。

如果对自己无知，人只能按照别人的标准生活。用世间的尺度来衡量自己，一味和他人竞争，认为只有赢了才是美好的人生，最成功的人生。和他人竞争或许有成就感，或者会得到满足的奖赏，但是这个愉悦注定是不会持久的，因为这个竞争是无限的。

不去了解自我，不去完善自我，而是把所有的能量都倾注在与他人的竞争上，等到人生末途才醒悟“我怎么活成这样”时，那已经耗费了人生最宝贵的时间，那真是浪费时间，在我们周边，其实，这样的人实在很多。在悔之晚矣前最好跟从自己的内心对话一次，问问自己，有没有浪费人生；有没有浪费观察风景的时间；有没有把大好时光浪费在无聊的竞争中。要懂得理解并知道自己的内心，也就是说要了解自己。了解自己，就可以成为自己人生的主宰。

究竟由谁主宰自己的人生呢？这将决定人生成功与否。

不是迎合他人的人生，而是自己享受的人生。如果你及时停下与他人竞争之心，就会得到像李时炯博士这样的志同道合者。我和李时炯博士的共同点是，都热爱各自的人生和事业。我认识李时炯博士已经半个多世纪了，我们活在同一个时代，又从事相同的事业，但各自坚持自己的方式，又相得益彰，我为此感到欣慰和自豪。

我为什么人生无憾

我的人生是用“瞬间”垒起来的城墙。我知道无数个“瞬间”中，有几个是特别的闪光。我还知道不可能所有的“瞬间”都会闪光。人生的一些辉煌的瞬间，犹如开启人生的锁眼一样重要，但这些瞬间不能代表我人生的所有。

——成硕济［韩国］（作家）《辉煌的瞬间》

一般而言，医生都会有这样一种压力：“是不是因为我，患者的病情反而加重了？”即使诊疗没有问题，也会情不自禁地去想：“如果换一种方法，会不会有不同的结果呢？”这种荒谬如同“我一生都用右手，如果用左手会不会活得更久？”。医生的命运，就是一生都要承担这种自责的负罪感。

医生换想法很快，也就是判断的速度很快。医生只看患者当下的病情，诊断能否治愈。医生不会茫然地寄希望于奇迹，而是更注重现实的治疗方法。

治疗精神疾患，如同在人的内心动手术。皮肤撕裂了可以缝合，感染了细菌可以打抗生素，但是治疗内心的创伤，治疗的过程却很复杂。人的内心和身体不一样，一百个人有一百个人的不同，不能像衣服码数那样规格化。治疗方法也应该因人而异，只能是私人定制型。精神科医生的苦衷，要比普通的医生更复杂些。

安娜·弗洛伊德是精神分析学大师弗洛伊德的女儿，她也是精神科医生。与我关系很近的一位前辈医生去英国和她会面回来，给我讲了这样一个故事。安娜收治了很多患有精神疾患的孩子，其中一些孩子病情太严重，甚至无法看作是人。前辈难掩内心的沉重，就问安娜："这些孩子有可能治好吗？"

安娜回答："不能。我作为医生所能做的，就是继续给他们治疗。"

我的治疗原则和安娜·弗洛伊德有相似之处。再严重的精神障碍患者，也有他认知水准上的愉悦。作为精神科医生，我所能做的就是找令他愉悦的事情。

患者K被收容在一家慢性精神病医院，他二十多年没有说话。年轻的精神科医生们都不理这个病人，认为不可能治愈。我买来他喜欢吃的东西，耐心等他。K用奇怪的表情看我，从他的眼神中我已知道，他终于明白了这样一个事实：

和我在一起，可以吃到好吃的东西。他一开始只是听我说话，而我则足足等了两年才听到他开口说话。我离开这家医院时，K每天都向我“告密”其他患者都做了什么，话已经非常多了。当然，K还不能回到社会像普通人那样生活。虽然仍要局限在医院的环境里，但是他已经可以和他人交谈，和过去相比则提升了一个层次，从这个意义上讲，我的治疗也算是获得成功了吧。

还有一个患者，从外太空得到了地球即将灭亡的信息，而宇宙飞船很快会到来把他带走。他非常警惕，认为自己一直受监视，他不相信任何人。我真诚地聆听他说的话，还向他提问。有一天，他非常小心地在我耳边说：“我会把李博士带进宇宙飞船，但是你千万不要跟别人讲。”这时我知道，我终于赢得他的信赖了。

五十年来，我治疗了无数个患者。其中有难以用常识去理解的患者，也有根本无法沟通的完全自闭的人。但是只要患者和家属愿意，我会一直治疗到最后，哪怕没有进展。对此我没有什么遗憾。我如果因不能治愈患者而伤心，作为医生会抱有沉重的负罪感，需要看心理医生的恐怕该是我了。

想把所有患者百分之百治好，这是不可能的。而有些患者，哪怕稍有进展，这个“稍有”本身也可以看作是“百分之百”的，因为有了这个认识，我对患者更有诚意和耐心。哪怕进展不顺利，我也知道自己已尽了全力。

正因为如此，我才没有遗憾。人生亦是如此。回顾自己以往的人生，或有可以做得更好的遗憾，但没有后悔。因为当时我所能做的，都已经做到了。只要有这个自信，就已经足够了。

每做一次都有不妥的感觉，而且怀疑到底能不能做好，但是你仍没有退缩，直到把事情做完，那么你上了岁数后回顾现在，就不会有遗憾。就像你把难解的书读到底后终于还是理解了……

上岁数后，不要为琐事发火

是什么人让你生气了吗？还是你自己受气的？有谁刺激你了吗？还是你自己刺激自己的？不要为外界发生的事点燃你的感情，尤其不要习惯性地被这种感情所左右。

——爱比克泰德［古罗马］（哲学家）《手册》

不久前报纸报道地铁上有一位七十多岁的老人和一位六十多岁的老人为一个座位而大打出手。在记者看来，这两位老人真有点为老不尊，为区区一个座位拳脚相向，未免太荒唐。其实，一般来说，人上了岁数会有耐心，从善如流，为人处世会有涵养，但事实上并不是每个人都如此。

为不起眼的琐事，像小孩一样发火的老人，我们周边就有不少。他们看不惯年轻人，唏嘘老人被忽视，又恨子女只顾自己，把父母晾在了一边。这种情感一点一点积累起来，有一天忽然总爆发，这就是老人的“怪脾气”。

“老有老样”意思是到老要有老人的样子，不要以乖张异常的行为给亲人和周边的人带来不便。可是“老有老样”，不是在一个早晨醒来就能一蹴而就的，须从年轻时候起做好感情和性格管理。这个管理，是积小善为大善的缓慢性格与行为习惯的形成与固化过程，也是人心性格修养的过程。

相比巨大的不幸，人的感情有时更容易被日常生活中的琐事所左右。如坏心情、无名火、恼怒、暴躁等等，被这种情感所左右，在一整天里，好的心情可能会被败坏掉，进而人生会朝向很糟糕的方向。如果想做到“老有老样”，首先要做好对这种时时刻刻会出现的琐碎情感的处理或化解。

我想起了患者 A。他向父母爆粗口又动粗，结果被抬进了医院。他平时就爱发火，而且发起火来不分水火，六亲不认。治疗了一段时间后，他的情绪稳定了一些，我就问他为什么容易发火？他回答说：“我也不知道。”事实上，他说“不知道”才是正解。如果知道原因，肯定就不会发这种无名火了。人生到了一定时期，必须认真思考是什么扰我心神，让我容易发火。这种思考越早越好。

人发火的原因，一般有可知和不可知的两个方面。前者与所处的环境状况有关，如喜欢静的人听到噪音，不耐热的人遇到热天气。

如果找不出合理的发火原因，那么根由基本是在心理问题上。如果人的内心里潜藏着过去未能解决的创伤，那么在相似的环境下任何一点儿小小的刺激都会激发内在的愤怒，让人产生发火的冲动，其行为具有攻击性。

从轻微的发火到不可自控的激怒状，人的怒气也有多种表现形态。首先，生理和精神上的自然需求得不到满足或遭到挫折，人就容易发火。比如夺下奶瓶，婴儿就会哭闹。怒火的刺激源，既可以是人，也可以是事件，或者是对自己身体状况的不满，也会成为发火的原因。

再则是人的自尊如果受到伤害，就会发火。如果在他人面前有过丢过脸的经历，就能理解这是什么意思。被人拒绝或遭到斥责、非难的时候，也很容易刺激到怒火。个人的自尊受到威胁或伤害，那么，许多愤怒之火就会瞬间被点燃。

还有就是，人在很多时候会模仿和学习发火的样式。首先，自己有怒气要发，但是发火的过程中会模仿他人的愤怒方式或在其他状况下自己的愤怒方式。

表现愤怒的方法因人而异，这是因为性格会影响表现方式。有些人愤怒了会伤害他人，而有些人是会自残。但是大部分人，会选择克制把怒火压抑下来。而有些人压抑的怒火不是就此熄灭，而是掉过头来吞噬自己的内心。同时，冲向自己的怒火往往会导致自杀。

或者，把愤怒释放到更容易发出来的对象身上。俗话说“在钟路受气，到汉江发火”，把愤怒转嫁到比自己弱的对象身上，即中国俗语所说的“找撒气桶”，甚至会攻击家养的宠物。而表现愤怒的极端方式就是杀人，以杀死刺激或诱发愤怒的对象来泄愤。

《法句经》中说：“莫熟于侄，捷莫疑于怒。”意思是爱欲胜于火，怒气更容易招横祸。在莎士比亚的悲剧《奥赛罗》中，奥赛罗将军以为妻子偷情，在强烈的妒火下掐死妻子。接着发现自己中计了，懊悔之下又自尽。这是未能抑制冲动的愤怒而导致的悲剧。事实上，在我们的日常生活中，未能控制一时的愤怒而导致不幸的事例实在是太多了。

那么，应该怎么管理愤怒呢？或者说怎样预防、处理、化解愤怒呢？首先，要学会忍耐。俗话说“三个忍字，杀人可免”，中国古话有“忍为高，和为贵”的表述，压抑怒火的方法就是一个“忍”字。只要忍耐一时的冲动，理性就会及时做出正确的判断。如果任由发展下去，只能留下后悔的结果。总之，首先要做“忍”的练习，简单说就是要逐渐养成慢一拍行动的习惯。也可以理解为：要逐渐养成对易怒之事作冷处理（先不急于论定是非，放一放再说）的习惯。

再则是要提升自尊的层次。如果自尊点太低，很容易因自卑而发怒。即使周边的人没有侮慢的意思，但因缺乏有层次的自尊，很容易会敏感起来。有层次的自尊，是理性的有原则性又有宽容度的自尊。

三是要正视自己的愤怒，并分析其原因。很多人认为自己的愤怒是外界刺激的结果，但实际情况是问题多半出在自身的心理层面上。

当然，一味隐忍也不行。为忍而忍，很容易郁火成病。英国有这样一句俗话："不会发火的人是傻瓜，不发火的人是贤人。"简单说，发火是自然的冲动，而抑制发火是主观的努力。有火不会发，隐忍的结果，其怒火还在，等于是管理愤怒不成功。能自然而然地抑制怒火使其复归于平静，这才算是不发火的"贤人"。不过，这需要长时间培养管理愤怒的修养能力。最好从年轻时候起，就做好日常生活中的愤怒管理，这样就会拥有正确处理愤怒的智慧和能力。

如果你被拒而发火

我们在愤怒时的对话，很容易不知不觉地相互伤害对方。对话不是相互交心，而是为了释放心中的不平和愤怒，这样难免会恶语相向。那么，怎样的对话才可以互相不伤及呢？

理想的对话，是要用商量的语气，而不是命令口气。而能够达到实现商量的语气越上岁数就越需要具备才行，如果从年轻的时候开始练起，到老了语气一定会变得很自然。

在家人之间，也要用商量的语气。如果子女不体谅长辈，长辈当然会很伤心。如果晚辈违背了自己意愿，更是会生气。这时候需要审视自己，是否用命令的口气要求子女做些什么了？子女已经成年了，就不能继续无原则的命令和指使。要扔掉那些必须让完全地、毫无原则地、毫无商量地让子女听从自己的想法。命令和指使，只会招来难堪的拒绝。总之，不要因为子女不听话而无名地发火。

对子女，也要用商量的语气。比如我和老伴没有车，需要外出就这么问子女："你一会儿出去吗？如果方向一样，能不能捎我们一程？"

要勤于休憩

非实体的心，可以擦拭吗？虚空可以擦拭吗？不过，心可以休憩。休憩了，就领悟了。

——月湖大师［韩国］《我爱着总有一天不存于这个世界的你》

现在的电影无论是画面切换，还是情节的展开速度都非常快。我依然爱看《宾虚》《丧钟为谁而鸣》这类老电影，所以总是跟不上现在电影的脚步。不仅是电影，街上的人也是急匆匆的，步伐都是那么快。吃饭也要快，学习也要快，恋爱也要快……看谁比谁更快，什么事儿都一定要领先，已经成为能否成功的决定性因素。

哪怕没有明确的目标，也慢不下来。因为别人快，自己也要随大溜。而那些已经成功的人，也不敢慢下来。稍一停顿，后边的人就会赶超，所以根本松懈不下来。难道真是这个社会在不停地鞭策吗？让人生变得疲于奔命。

而专家们的忠告却是要适当地注意休息，充分地利用好假期。然而现在的人们哪怕是休息或休假，也要一窝蜂地扎堆。夏日假期东海岸和南海岸人山人海，冬季则滑雪场上又人满为患。现在又流行度假休闲，海边和山中又拔地而起一幢幢漂亮别墅度假村。而最近最流行的是野营，甚至有人租国外电影里才出现的休假旅行房车。不久前我了解了野营装备的价格，结果出乎意料，贵得离谱。这不是单单一个帐篷，而是各种装备配套齐全，连筷子、勺子等都整齐划一地备好了的移动的宾馆或家庭。虽然价格不菲，人们还是不惜分期付款来买。因为在休假上投入了太多精力，假期结束后人们依然很疲惫。也就是说，休假又变成了另一种压力。

连休假都扎堆，是因为人们的从众心理。或者生怕落单，会遭受什么损失。如果丢掉这种想法，会看到很多，也会享受很多。真正的休息，是让自己的身心处于最安逸、最惬意的状态。汉字的“休”字，是人依靠着树而息，仅看字就能知道休息所求，其实就是简单和平静。

我想起作家朴婉绪先生关于“休假”的文字。夏日假期一到，人们像退潮一样赶向山和海，首尔就变成一座空城，而先生却找回了一份宁静。街上不再车水马龙，鼎沸的人声也听不到了，先生就在静谧的空城里享受假期。

而我的休息方法是“冥想”。在寂静的空间垂目调息，以此修养身心。我还有特别的经历，使我打破了关于“冥想”的偏见。在尼泊尔的山中，我在一位“冥想家”的提议下，体验了崭新的“冥想”方法。我面对岩石垂目而坐，这是教科书式的“冥想”方法。在海拔四千米的高原，“冥想家”教我一边蹦跳、一边大口呼吸的“冥想”方法。这不是我所知道的静态的坐禅，我在天穹笼罩下的高原自由抖着身子来“冥想”，感觉一生的包袱都抖掉了。我以为坐禅是冥想的唯一方法，这次经历给了我更新鲜的冲击。

休息是为自己更好地充电，也是调整身心的节奏。最好是从人云亦云的休息方法中摆脱出来，尤其要改换掉工作和休息分开来考虑的想法。爱迪生之所以能有很多发明，就因为他懂得劳逸结合，“有坐的地方就坐，有躺的地方就躺下来休息”。如果一天里有宁静的余暇，不妨调匀着呼吸休息下来。只要一天里能有一次这种余暇，就没必要大张旗鼓地出游度假。

《我们比狗幸福吗？》的作者马特・登曾说过，驯狗最先教的是“坐”和“别动”。但是，狗都能学会的，难道人一生都学不会吗？人们嘴上始终挂着“忙！”“急！”，昏头昏脑地奔走不休。因此，偶尔坐下来休息，对人生是非常重要的。

在喜马拉雅山和我一起冥想的尼泊尔人说："如果人类都学会'冥想'，这个世界会很和平。"

当然，说世界和平是有点远了，但对于我们，重要的是该休息时就休息。只有年轻的时候懂得休息，到晚年才会少一些后悔。相比之下那些追悔"应该多做些什么"，后悔"没有给自己多留时间"的人，其实是更多的。

老之将至，要提前规划老后人生

挂在树上的苹果不散发香气。但是把苹果摘下来削开，浓烈的果香就会沁入嗅觉。有一天，我忽然领悟到人在离世前，会留下难以磨灭的香韵。那么，我最后会留下何种香韵呢？我开始认真思考这个问题。

——安道贤［韩国］（作家）《吹来的风，是为了见你》

不久前看了一部有外星人登场的电影。外星人像吸血鬼一样靠吸食人体水分来获取能量和延续生命。有趣的是外星人不喜欢吸食上岁数之人身体的水分，这是因为衰老的身体相比年轻人水分含量很低。外星人只是瞅瞅老人，并不发动攻击。看到这一幕让我哑然失笑，上了岁数连外星人都瞧不上。

人们看着老人偶尔会说："人老了怎么都这样？没办法，上岁数了就是这副德行。"大概意思是上了岁数动作慢、耳朵背、脾气又倔强。年轻人明明知道是衰老导致了老年人的这些特征，但还是摆出一派与己无关的态度，似乎自己永远都不会老似的。或许，人就是这么被“祝福”了，总认为自己离那一天遥远着呢。可是，人活着活着，就会忘却时间的流逝，忘却总有一天人会老去，死去。

世上不会有想迅速变老的人，但谁都免不了老去。今早我打车时，看到车窗外那些活蹦乱跳的青春鲜活的大学生们，勾起了我对青春岁月的回忆，我也曾有过大学生那花一样的年华。随着时间的流逝，谁都会变成中年，继而步入老年。人生的时段，在你意识到的时候已经流逝很多了。如你照镜子时似乎看到了父亲或母亲的脸，惊慌地意识到你已经老了。

如果你意识到老之将至，就有必要提前理解“老”是什么。即以活过来的人生为基础，设计“我的老年”。如果没有规划好老年人生，不仅当事人不好过，甚至子女和周边的人也会跟着受累。认真思考“上岁数究竟意味着什么？”其实是为了过好现在的人生。因为未来取决于现在，未来的面貌同时也在规定着你现在的作为。

不妨从医学层面分析衰老的过程。首先，身体会显著地变化。皱纹增加，个头变矮，体重也减少，气力更是不如年轻的时候。简单说，人体组织会衰退和失去活力。因脑功能的衰退，判断力不敏捷，记忆力下降。但是，除非自己老了，否则便无法体会衰老引起的身心上的各种不便。我是在年过六十才体会我母亲上岁数后有过的种种痛症和不便究竟是怎么一回事。我当时只是想“人老了就是不行啊”，而母亲则是默默忍受着疼痛和不便，我不知道母亲是否因我不体谅的态度而失落过，想到这里，我不禁心痛和后悔。

到了老年，精神上的变化也很大，尤其性格和年轻时候相比，会有很大的转变。“老顽童”的说法，也是从这里来的。性格变得内向、被动，既怕事，又固执。或经常沉湎于过去，陷入忧郁之中。而且，老年人依赖性加大，对亲近的人有眷恋感，而且轻易会产生嫉妒和猜忌等。

这种变化，不是到了老年才忽然出现的，也不是所有老年人身上都会出现的共同特征。人的性格不会在某个时刻忽然完备或成熟，而是经历了漫长一生的发展形成的。在青壮年时代以何种态度对待人生，就会决定老年时表现的性格。

精神分析学家埃里克森说：“健康适应人生各个阶段的老人，会拥有可以与他人融洽的性格。而未能健康适应的老人，老年会经历孤独。何谓健康的适应？就是在人生无数的境遇中，锻炼出积极的态度。”

老年的人生，大体上可以分几个类型。一是与世隔绝，断绝一切社会活动的人，简单说，是隐遁型老年。和华丽的年轻时期相比，老年太过黯淡，所以不想把这一面貌展示给他人，所以干脆消失。曾经生活在聚光灯下的女演员，上了岁数后忽然从大众的视线里消失，也是出于这样的心理。

还有一种类型是愤世嫉俗，看不惯现在的一切，甚至爆发不可遏制的愤怒，认为现在的年轻人弄糟了所有的事情。简单说，这是愤怒型。

第三种是自虐型。否定自己生活过来的人生，认为自己活着就是耻辱。年轻的时候还能抵挡一阵，而现在年老多病的身体只会拖累家人，变成了百无一用的废物。甚至子女们过得不好，也认为是自己的问题。

第四种是武装型。比年轻的时候更加倾注热情，老当益壮，风风火火。虽然这些老人意在自我激励，但是间或因过分的热情，给周边的人带来了困扰。

最后一种是人格上成熟的老人。他们可以正确看待自我的人生经历，可以坦然接受生理上的自然变化。这是理想的老年型，成熟的老人很像西方所说的没有沉渣的葡萄酒。好的葡萄酒经过长期的工艺贮存，连沉渣都会化开，呈现透明的色泽。这些老人首先神态就很安详，虽不失自我为中心的底气，但仍具备着谦和的仲裁者的面貌。我们所希望的“老有老样”，应该是成熟的老年型。

说到“老人”，你的脑海里会浮现何种自己变老的形象呢？你希望自己是怎样上岁数呢？正如前面所述，你以往的人生态度，会自然而然决定着你的老态。所以，年轻的时候应该充分思考“我想度过何种类型的老年人生”。

打造理想老年的核心在于自我省察和改变。现在的社会，想靠过去六十年的经验和经历来再活十年、二十年已经很难了。时代的变化太快，以往的经验已不能解决现在和未来的问题，如果只是缅怀和整理过去，剩下的时日就会显得更加漫长。所以，老年人也要把自己改变成“面向未来型”。而这种改变，需从年轻的时候起规划好“我该活成怎样的老年人生”？

如果你这几天特别忧郁

上岁数，心境自然悲凉。体弱多病，力不从心，游离于社会，冷漠于人际。人都有基本的不安感，即本能的不安。忧郁也是如此，人的内心都有一方忧郁的角落，因为人活着不尽人意会多于顺风得意。但是，有些人看明白了就丝毫没有不安和忧郁了，似乎是天生的乐观性格。

果真如此吗？其实不是。他只是为了摆脱忧郁选择了乐观。我作为精神科医生，也有无缘无故的情绪低落，也会突然有眼泪涌出来的时刻。这时，我会正视我正在陷入忧郁的现实，承认自己突如其来的“悲伤和低落”，然后为了摆脱这个情感，我会分析，找出原因，再想出解决的方法，因此，我可以去读书或向别人学习，找人聊天。如果一味否定自己或者一头扎进“我为什么悲伤”的思绪里，就不可能摆脱忧郁。

在我身上发生的大部分事情，其实许多并不出于我的意志。但是，我必须正视和理解在我身上发生的事情。精神科医生能为患者做的，不仅仅是找出解决忧郁的方法，更重要的是找出解决忧郁的动机。只要找对了动机，剩下的就看患者自己的意志了。解决忧郁的第一步，是承认正在悲伤的这一事实。

如果你还没有与父母和解

妈妈是很特别的存在。我已经老成这样了，但是只要妈妈在世，她内心的一个角落里我还是长不大的孩子。”

——文惠英［韩国］（作家）《莎士比亚见了蟑螂也会发笑》

我给妈妈的照片上装了相框，然后端端正正地放在研究所的书架上。明眼的访客会发现这张照片，然后来回看我的脸，因为我长得很像妈妈。来访的人都叹服地说：“妈妈的容貌真是很慈祥。”还有人说：“超脱而平和，又温暖人心。”听着这些话，我只是无言而幸福地笑一笑，这也是我想要的效果。等待幸福的到来和寻找幸福，其结果是不一样的。

妈妈生前被人叫作“活菩萨”。这是因为妈妈不仅具有佛的慈悲心怀，而且平生持有利他之心。妈妈始终对人抱有恻隐之心，就是被邻里嫌弃的乞丐，妈妈也会把他叫进屋里为他做饭吃。在战乱时期，连自己的孩子都难以养活，我的妈妈毅然在保育院照料战争孤儿们，直到妈妈在弥留之际还在从事义工活动。

妈妈还是追求自我人生的有勇气的新女性。外公因为妈妈是女儿，就不许她上学。妈妈就只身进京（首尔）考入了真明女高。外公随后追过去，想把妈妈带回乡下，但是她蹲在操场上就是不肯起来。当时妈妈只有十五岁，当时韩国正处于开化期。因为女儿的态度决绝，外公也就无可奈何地服输了。

妈妈主张国家若想得到发展，男女必须平等，女性必须觉醒。妈妈还积极行动，把家庭的传统灶间改造成现代的立式厨房；在工厂制作大酱和酱油供应家庭，以此解放女性劳动力。当时还是 20 世纪 50 年代，妈妈的意识可以说是非常超前的。

现在我还留有小时候关于妈妈的几个强烈的记忆。我是独生子，但是体弱多病，族里的大人们认为是死去长辈的鬼魂附体，就找来巫祝跳大神，以此来驱邪祛病。妈妈知道后，立刻赶回来，掀翻祭桌，赶跑了巫祝。妈妈说：“世间哪会有想害自己后代的祖上鬼？”族里的人听听认为也对，也就不再有异议了。

还有一则是关于苹果的记忆。如果有好吃的东西，妈妈一定分均了给我和小我两岁的妹妹吃。有一天，妈妈照例把一个苹果分成了两半。我就吵闹不干，嚷着“我是哥哥，应该多吃点”。妈妈听了立刻把我那一份切成两半。我更是不依，吵闹得更凶。妈妈又把那小半苹果切成两半。最后我的那一份只有拇指大小。

妈妈虽然有着超前于时代的坚强和智慧，但是给自己的子女却圈出了一个篱笆，希望子女生活在她划定的安全范围里。我只能按妈妈说的去做，只能按照母亲规定的两点一线往返于学校和家之间，母亲还严格限制我和其他孩子一起玩耍。妈妈还忌讳别人说我是单传的贵公子，始终让我穿旧衣服。因为妈妈对我太严格了，有时，我偶尔想我是不是捡来的孩子？

妈妈越来越成为我无法翻越的围墙。在我成长的过程中，在妈妈的壁垒里越来越感到郁闷，我很想挣脱妈妈的庇护。我当时经常陷入矛盾之中，一方面对妈妈有逆反心理，一方面又怕妈妈担忧。举例说，妈妈不许我接近水，但是伙伴们拉我去江边玩，我踌躇着不知道该怎么办才好。最后妥协的方法是，我只在肚脐眼深的浅水里玩。

一次，叔叔给我买了足球鞋，我就报名参加了足球部，但是体育老师不让我上场踢球。我只能把球鞋借给球队队长，在球门网后面看别人踢球。后来我才知道妈妈怕我受伤，特意嘱托体育老师不让我踢球。总之，任我如何挣扎，就是冲不破妈妈的荫佑和庇护。

我二十岁时，也就是考上大学后，我把妈妈叫到了咖啡屋。我向妈妈下了最后通牒说："妈妈，说吧。你给我的爱如果用大米或钱来算，到底有多少？"

妈妈问我"到底怎么啦？"

我说："妈妈给我的爱太沉重了，我承受不了。只要妈妈说个数，我一定会偿还，然后自动离开妈妈身边。"

妈妈愣了一会儿，然后只回了一句话："你结婚就知道了。这就是我的回答。"

虽然现在回想起来真是无比荒唐，但是当时，我真是想用钱或者其他什么来全部偿还妈妈的关爱，然后挣脱妈妈的怀抱。我这种压抑的情感，直到参加登山部和学生会活动才得以释放出来。我一边爬山一边想："我是谁？妈妈是谁？我究竟想要怎样的人生？"我作为学生代表组织示威活动，抗议"5·16 军事政变"，结果被关进监狱，这也在于我努力摆脱妈妈的延长线上。我当时作为热血青年，心中确实燃烧着强烈的正义感，但同时也是我想独立自主地过着自由人生，自主意志的表现。

如果没有想从妈妈身边独立出来的挣扎，并触发我对人生的思考，我最后可能得去看心理医生。精神上的晚熟者，这就是我。随着我作为精神科医生站稳脚跟，我开始相信自己已经从妈妈那里独立出来了。

随着岁月流逝，妈妈坚强的性情也变得柔和了，我亦成为四十不惑的中年人。有一天，我觉得院落有些空荡荡的，就植上了樱花树。妈妈看了立刻叫我锯掉，理由是“倭寇的树”。我晓之以理地说服她：“樱花树原产济州，传到日本后才被日本人说成是自己的。”但是妈妈不听，说：“必须锯掉。”我当然不想委屈了自己的主张，没有答应。当天晚上，我从医院下班回来，发现樱花树已经被拦腰锯断了。那瞬间我脖子都感觉发凉：“妈妈终究还是妈妈啊！”我四十岁的一个壮汉，愣愣地看着被锯断的樱花树，在院子里倒吸一口凉气。此刻，当我静下来时，我也理解妈妈，凡是经历了日本侵略过的国家和人民，对日本侵略者的禽兽不如的侵略行径真是恨之入骨，这是民族之恨，这种仇恨是永世不忘的。

时光荏苒，我恍惚也到了妈妈决绝地说“锯掉樱花树”的年龄了。我和当年的妈妈一样头发斑白、眼袋下垂，额上皱纹犁深。我虽然一辈子在努力摆脱妈妈，但是脑子里经常像放电影一样回顾妈妈的一生，其实妈妈始终在我的身边。

有人说，一个人的成长和成熟取决于如何摆脱妈妈依赖的过程。父母是子女需要翻越的第一个外在的障碍。这不是去叫子女超越父母过更好的人生的意思，而是说子女需要从父母的人生中游离出来，开拓自己的人生。在这个过程中，子女会怨恨父母，或因父母的过分庇护和限制而失去独立自由而遭受一些挫折进而产生绝望。父母在特定的时期，都会被子女怨恨，或者说没有不被子女怨恨的父母。

有句俗话说，“父母永远掰不过子女”，我认为这句话错了。我妈妈似乎早就知道这个答案了，所以就回答说“你结婚就知道了”。应该说，子女永远拗不过父母。表面看来是子女赢了，实则不然，子女根本没有赢得了父母的机会。

最终，我还是照搬了妈妈的人生。无论是固执地坚持自己所信的性格，还是几十年来从不间断尼泊尔医疗援助和保育院义工活动的事实，或者标新立异在大学第一个开讲女性学，在自家的门前并列挂上我和老伴儿的名牌等，我以为我已经脱离了妈妈的羽翼，自主地活到了现在，但是当我回顾岁月时我发现我仍站在妈妈的掌心里。人或许是为了理解妈妈的人生，才上岁数才变老的吧。我当年荒唐地质问妈妈她的爱到底值多少钱。妈妈听了肯定是很伤心了的。但是，妈妈在照片里却仍对我微笑。

几年前，诗人赵炳华离世，他在自己的墓碑上留了一首诗："妈妈 / 唤我来人世做点事儿 / 现在做完了 / 我回去找妈妈了"这个墓志铭真是深刻而深邃，在宁静中诉说着一个道理。其实，我能够活出妈妈的十分之一的程度也算是很欣慰的了。我如果回去找妈妈，妈妈又会怎么看我呢？

父母在世时，子女不懂父母。父母离了世，才懂得了父母。子女想理解父母的真心，必须有一定的人生积累才能得到真谛。上了岁数，就有了理解父母不平凡一生的珍贵的机会。如果平生怨恨着父母，积累了大大小小的误解和矛盾，那么到了老年就该解决这些问题了。只有自我治愈了因父母而受的内心创伤，才有可能从父母那里获得真正地独立吧！

如果你即将退休

离开不是抛弃，而是继续前行。无论职业还是习惯，你的离舍是一种方向的转换，是为了实现梦想继续前行。

——罗尔夫·波茨［美国］（旅行作家）《想离开时就离开》

我为了准备迎接自己的退休，留意着前辈们的退休仪式。一位前辈是特别的恋栈，以致他的弟子们不知道该说什么好。所以我就走过去对前辈说：“祝贺您！”我把退休看作是值得该庆祝的事，是因为圆满地退休并不容易。在职场打拼了一生，首先身体要健康，其次是业务上要有建树，要得到人们的认可。人活一生会遇到无数的障碍，而且情非所愿地忽然改辙也是经常之事。从这个意义上说，能在职场圆满退休的，都是应该被祝福的人。

听到我真诚的祝贺，前辈很不以为然，他说：“人为设定退休年龄根本就不对，应该向法院起诉……”我就笑着说：“前辈，不管怎么说，今天是您另一种生活的开始，应该接受大家的祝贺。”

退休像生长中的竹节一样，既是旧的结束，也是新的开始。随着人的寿命的增加，退休年龄或许还会延长，如果是退休时身体还很健康，精力还很旺盛，就可以考虑是否能做一些新的事业，所以不必一到年龄就真的退休了。可以在形式上退了，心则不能退，因为有时间了，也有了更自由的选择，那就想做什么就做什么好了。

我还想起在退休仪式上发表漂亮的告别辞的金兴浩教授。他说：“我是向英国出发的入学新生。”

跳入我耳朵里的是“出发”二字，让我很受启发，把退休看成一个起点不就对了嘛！前辈没有把退休看作是人生的一个结束，而是立下了新的挑战目标。退休，很像是一次换乘地铁。我们坐在人生的地铁上，祈盼着到达一个美好的终点站。但是，我们中途被推下来，满目陌生的景象。我们不该惶惑、彷徨、茫然，也不该迷失方向，更不该自暴自弃。

应该说，即使退休，哪怕是被解雇，也不能自我退出，因为仍有很多选择的余地。旅途中不该束手无策，那会浪费许多时间，还是去找新的换乘站才对！既然没有回程的地铁，那我们只有选择继续前行了。

如果想最大限度地减小退休带来的心理冲击，那么就应该提前做好“换乘”的准备。我是从五十五岁起就做“换乘”的准备的，头脑里经常勾画着“我应该这样退休”的画面。我首先考虑的是年龄问题。无论你多么不服老，但在衰老的自然规律面前，你只能是心有余而力不足。所以，我从六十岁起，开始一一整理我铺张开的一些事儿，有计划、有步骤地减少到三分之一的程度。

接着，我开始找可以全身心投入的新的事情。一方面整理已经铺张的还未结束的事情，另一方面又开始准备一些铺张的事情，其实这并不矛盾，这也叫“吃一观二眼观三”，做到井然有序，这是退休后人生无缝转接的必需的过程。我花五年时间才做好这两方面的事情。整理已经铺张的事并不难，难的是退休后该做什么事儿。我还和老伴儿与子女们商讨，因为退休后我会和家人在一起，而且所做之事肯定需要家人的帮忙，我不能固执地认为这事只关乎我自己。我还想做异想天开的事，许多事情和我的过去完全不搭界。我认为，反正人生只有一次，不妨多多地去体验。但是我不知道我还剩下多少时日，最后还是决定做点靠谱的事情。

我平生从事的事业，退休之前作为我赖以生存的职业对他人和自己都有其意义。我决定把在职业生涯里积累的经验、知识、智慧，用到可以帮助更多的人的事业中去。如我平生的职业是精神科医生，我思考在这个延长线上，还能为社会做些什么。研究理想家庭模式的社团法人“家庭研究所”，就这么给推了出来。一开始，这只是我和老伴儿的两人小组，现在已经成长为向韩国社会宣传家庭的价值和作用，造福于社会的一个重要团体。我为此而感到自豪。

我的退休成了我的又一个机遇，综合人生的经验和知识，我的新的事业又得以重新开始。现在，“退休不是结束，而是开始”的认识已经很普遍了。

如果被名誉退职或提前退职，难免会受挫折和动摇，但是在不稳定的经济大环境下，人人都有可能遭遇失业。尤其这时候更不能惶惑，而是将其看作重新开始的一个机会。这种需要做好准备，必须提前做好思想上和物质上的准备，那么就该从现在的职场上把本职工作认真做好，同时做好新征程的准备，最好要有意识地开始学习。

年轻的时候，人始终怀抱梦想，向往其他职业。其实你向往的那个位置上的人，可能也在见异思迁呢！从根本上说，年轻的时候应认真想好自己真正想做的是什么，也要想好自己能做些什么，然后朝着这个方向，就是人们常说的社会定位或职业定位，一点一点学习和积累。学校或初始的职场就是你筹备未来的试验场。

如果退休后觉得没人搭理你

上了岁数，有些人就会失去经济意义上的劳动能力，这时会觉得一切都结束了。如果过去你是为家人而打拼，那么上岁数后不妨为所有人活着。为所有人活着，这个心量就大了，心量大了，容下的东西自然也就多了，计较的东西自然也就少了，这一多一少自然就酝酿出了许多快乐。

当然，社会奉献如果不是从年轻时候做起，到了老年，才立刻想实践确实很难。即使这样，也应该耐心地找“我能做些什么的理由和根据”。你一生积累的经验和知识，必然有在延长线上发光发热的机会，所以要努力。

七十多岁的柳文基先生，在养老院给孤寡老人读报纸。为了耳聋眼花的老人们，为了不再过问人间事的老人们，柳文基先生充分发挥了他作为牧师一生都在布道的经验和能力。还有一位老奶奶，收集废弃的广告幕布，缝制成背包分发给人们。又有一位退休的出租车司机，到了繁忙的上下班时间，就做义务交警。

上了岁数后，你为他人做的事情哪怕是很小很小的，也是很有意义的。如果你想有意义地度过老年时光，就不要想别人能为你做些什么，而是要思考你能为别人做些什么。

不要担心退休后没有人搭理你。即使上了岁数，你能做的有意义的事情也实在是太多了。不要虚度剩下的时日，浪费在自怨自叹的时间里，因为剩下的时日实在是太金贵了。

对新婚夫妇的三个嘱托

两个人组成家庭，是打造新的世界。即两个人齐心协力创造了过去不曾存在的新的世界。

——法论大师［韩国］《僧人的主婚词》

现在几乎没有人对离婚大惊小怪的了。看起来还是姑娘的女性，已经有离婚的经历，被丈夫压抑的妻子开玩笑说的“等老了再算账”，不幸言中为“老年离婚”。我曾经作为主婚人参加过很多婚礼，我对新郎新娘的建议，总结起来只有三条。当然，我想说的话其实很多，但一般只说三条左右。如果发表“我是过来人了……”这类长篇大论，很难唤起年轻人的共鸣。而且，老生常谈的大道理人们早就听不进去了。

所以，我发表主婚词时，会采用反问句：“这样生活，真的很难吗？”

我的意思是，明明有一条可以幸福的道路，为什么就视而不见呢，为什么要预约不幸呢？如果真诚接受前辈的建议，夫妇就可以白头偕老了。我对新婚夫妇的三条建议是这样：

第一，生活中要有快乐，更要有创意。结婚既是圆满，也是新的开始。对于年轻的夫妇，最大的财产是时间，不要急着想成就什么。夫妇应该始终对话和沟通，相互挖潜，并发挥出最大的能力。如果按种种既有的规范生活，日子会风平浪静，但没什么乐趣，也不会有成就感。从无中创造有，这样的生活最有乐趣。

举例说：新婚夫妇不要为聘礼、嫁妆吵架。既然是开启崭新的生活，为什么非要用房子、汽车和家电来衡量幸福呢？难道全部置办齐了才是美满吗？这种看起来很完美的开始，反而会让婚后生活无趣。我们夫妻结婚的时候，先租了单间的屋子，接着是两间房，后来是传贳房，最后我们终于尝到了买房的喜悦。从无到有，在拮据中一点一点地置办家当的喜悦，如果没有经历过，就无法体会。神奇的是哪怕过了几十年，我回想起来还是美滋滋的。这种小小的喜悦积累起来，既维护了我们的夫妻关系，也稳固了我们的家。

第二，夫妇应该追求共同的价值观。为了共有价值观，夫妇在结婚前或婚后，需要充分交流各自的价值观是什么。有了共同的价值观，夫妇就能为一个目标携手奋斗。心中持有正确的价值观，我们就能拥有真实的人生，摆脱社会的陈规陋习，从而获得真正的自由和乐趣，既不会无谓比较，也不会盲目模仿。

记得有一位小说家曾说过，幸福不幸福无所谓，只要能写出好小说就好。对于他来说，写出好小说是最大价值所在，对他而言，其他都可以忽略。现在的社会变得越来越奢侈，这是因为人们很少思考人生的真正价值是什么，只是跟随着别人的价值观盲目前行。拥有明确的正确的价值观，并为此努力的人是不会看别人的眼色行事的，只会按自己的价值观认真生活下去。

第三，一个真正的人要懂得感恩，也要懂得回报。现在每个人都很忙，地球转得也太快了。但是接到婚礼的请柬，即使再忙也要腾出时间前去祝贺，这是人之常情。在人的一生中，能得到最多祝福的就是婚礼了。而婚后的生活，就是感恩和回报的过程。

人活一辈子，会得到很多人的帮助。如果你知道感恩，就要及时地去回报，而不是光说“谢谢”。而回报的对象，也不必一定是你感激的特定的人，只要把感恩的心传递给另一个人就可以。只要感恩的心不断链条，世界就会充满爱，地球就会越转越美好。

去年年末，我和老伴儿去保育院陪孩子们，给他们换新的画历。到了年末，各种聚会、年会的邀请很多，但是我们老两口基本都谢绝了，因为让孩子们快乐比什么都重要。我偶尔想，我们的子女能够健康成长，在社会上都有所担当，也是因我们老两口小小的奉献而得到的回报吧。

说完这三条建议意犹未尽，我的主婚词就会画蛇添足——“夫妇应该怎样相亲相爱”。

“一起生活久了，感情难免会倦怠。这时好好想一下这个问题：我们究竟喜欢对方的哪一点？然后更爱对方的同时也会引发对方的更深的爱，这样的生活难道很难吗？”

不要埋怨配偶说“耽误我一辈子”

上了岁数身体会变弱，生活的“领地”也会缩小，进而活动力也会萎缩。到了这个时期，应及时调整和重塑夫妇关系。如果仍停留在年轻时候的模式里，夫妻相处难免会出现问题。

进入老年期，只有老夫老妻能够相互理解和扶持。老夫老妻长久地生活在一个屋檐下，共同养育了儿女，并共有一个相伴的人生。子女们成家后，老夫老妻是相濡以沫共度余生的伴侣，也是结伴品尝变老的乐趣的朋友。到了这个时期，夫妻应时刻小心不要刺伤对方的自尊，要相互激励和肯定。

“你这辈子都是这副德行。我是瞎了眼，让你耽误了一辈子。”老夫老妻一旦吵架，一生知根知底的“弹药”无数，似乎熬一辈子就是为了等到吵架的这一天。但是，这种相互揭短的吵架，只会造成余生的不幸。这时，老夫老妻应努力摆清问题，找出症结所在。“我当时是这么想，而我是希望你这么做的”，夫妻应如此交心和理解，相互体谅和抚慰。

而且，上了岁数后性别承担的职责也需要变一变。年轻的时候，丈夫主外养家，妻子主内持家；而到了老年，夫妻双方应按能力和体力重新力所能及地分担家务。

此刻，我突然想起了一部电视剧的内容。老年的丈夫等着出去办事的老伴儿回来，在家收衣服，给花盆浇水，又焖上了饭。他终于理解了老伴儿的辛苦，说："原以为都是些轻松的家务事，但没想到会花这么多时间。"

Chapter 4

人是靠什么

生活

从生到死，每一个刻度都充满了乐趣，
都有属于那一刻的，那一时节的乐趣，
如果懂得了，人生就没有虚度。

结婚五十年后的告白

和你在一起，真好。你是最可爱的、最好的伙伴。我们的生活真美满，不可能更好了。只能说好又好，和你在一起真是好。

——尼尔伦夫妇［美国］《美好的人生、爱情及结果》

这是结婚五十年后的迟到的告白：我是拥有好妻子的幸福的人。我这一辈子，妻子无条件包容了我的所有缺点和不足。我偶尔对妻子开玩笑地说“我一辈子活在你的威势之下”，妻子就立刻来劲儿了，就“如数家珍”般摆上来我这辈子所犯的错误。背着、抱着、牵着四个孩子排队领奶粉和白糖，为了还清结婚时欠下的债，没睡过一次舒服觉……平时从不抱怨的妻子，此刻，把所有的“包袱”都甩了出来。

每到这时候，我从不还嘴，默默地听着。一是反省“当年我真是犯了那么多的错误，我还都不知道”，二是让妻子数落个够，她可以把内心积压的不愉快尽情地释放出来。某种程度上，我是有意而为之。如果郑重其事让妻子说出她心中的不满，她未必会说，所以我有意制造情景，惹一惹妻子，让她宣泄出来。

我作为精神科医生和大学教授，被人叫作“绅士”“道人”。只要得到什么好东西，我总是忙于分发给需要的人。我作为精神科医生能慑住心神，为他人调节喜怒哀乐，所以得到了“道人”的绰号。可是仔细想来，做道人的妻子是非常累的吧？应该说，能和“道人”过日子的妻子，才是真正的“道人”。

我们夫妇能够幸福生活，其功劳百分之百要归功于妻子。妻子理解我的性格、我的职业、我的人生，所以幸福才有可能。我亦把妻子看作是“同志”，新婚初始我就在家门口并列挂上了“李根厚、李东媛”我们夫妻的姓名牌。韩国金大中总统因宅前挂上夫妻姓名牌一时成为新闻，与金大中相比我挂牌的时间更早。路过我家门前的人都皱皱眉扔下一句说：“是不是怕别人看不出你们是夫妻呀？”应该说我的这一举措，在当时看来是非常出格的。

我结婚不久，就因时局身陷囹圄。我在监狱里用头脑勾画着我和妻子的未来：“我是精神科医生。如果专攻社会学的妻子再学心理学，以后我们夫妻盖上漂亮的小房子，夫妻俩一起看病人，搞研究该多好啊！”后来，妻子也同意了我的想法，在研究生院学了心理学。我和妻子合作创办的家庭研究所，就是那个时候播下的种子。

在事业的领域，我和妻子都追求各自的成就，互不干涉。特别是作为学者，我们分属不同的领域，在学术上相互尊重。但是，我们也从不吝啬相互支持和互相帮助，我作为心理学者细致入微地观察人类心性，这时妻子在社会学的大框架上的是非常有用的。反之亦是如此，我在精神领域的研究成果，对妻子社会现象的研究也有很大的帮助。我和妻子就是这样跨学科地相互帮助而彼此受益，在各自的研究领域都取得了很大的成就。

我和妻子作为梨花女子大学教授，合作开设了女性学讲座，这也是在韩国教育史上开设的第一个女性学课程。我作为讲授女性学的男教授，被男人们所诟病。我对听课的女学生们说：“女性学讲座，应该叫男朋友一起来听。女性学不仅是为了女性，也是为了人类。”女性学不是主张男女平等，事实上男女平等在生物学层面是根本不可能的，所以我是在人类学的范畴内讲授女性学。

作为学术上的同志和人生的伴侣，我们夫妇获得了一个宗教团体颁发的家庭价值观奖。我们获奖时心中有一个忧虑，即我们夫妇不应成为理想夫妇的模范。如果照搬我们夫妇的形式，未必能够复制幸福。我们夫妇，只是成功的一个事例而已。每个人的性格和所处的环境都不一样，所以理想夫妇的样式也应该是千差万别的。如果夫妇之间相互认同和满意，这本身就是理想夫妇。

夫妇生活最重要的原则是价值观上求同和理想追求上的存异；同时，要相互包容对方的缺点。如果不是严重的错误，应尽量相互掩盖。如果只追求结婚的浪漫，婚后的浪漫很快就会消失。如果夫妇作为忠实的伴侣相互努力，他们最终会成为浪漫的夫妇。恍惚间，我们已是皓首的老夫老妻，我们度过的每一个日子都很浪漫。

家训，为了各自和大家的幸福

不能为了他人的幸福牺牲自己的人生。坚而弥久的真爱，是同时追求自己和他人的幸福。

——以马内利修女［法国］《活了百岁的我，有话对你说》

2013 年是我们一家组成大家庭共同生活的第十一年了。十年江山换新颜，这十余年，我们这一家也有了巨大的变化。如果有不变的，那就是这一大家子一如既往的和睦和幸福。

十年前上小学的孙子，今年已经是大学生了。这么看确实流过去了很长的时间。周边的人经常问我，维持“家庭共同体”的秘诀是什么？其实，秘诀就在于《yeti 家的宪章》。“yeti 的家”是我们大家庭的名字，“yeti”取自于喜马拉雅传说中的雪人。翻越喜马拉雅的夏尔巴人相信 yeti 是他们的守护神，我希望我的家人像夏尔巴人那样受到保护，在大家庭的屋檐下健康幸福地生活。

《yeti 家的宪章》是一种家训。有人会把家训想成是训诫语调的陈腐的文字，其实这是误解。过去祖先们的家训和日常生活关系非常密切，而且很具体。如：不得只挑细食、谨防祸从口出、不得为人作保、节省嫁娶费用、挑选儿媳不要看家世，而是要看人，不要给祖上的坟立碑等等，行为规则立得很具体。

有人会说，现在的家庭不过是父母加一两个子女，有必要立什么家训吗？其实，为了一家所有人的幸福，现在更有必要立一家人信守的具体细致的家训。

《yeti 家的宪章》，经过多次艰难的讨论才得以缔结成功。作为“宪章”，所有家庭成员都加入进来制定才符合契约精神。所以，和女婿、儿媳还有孙子头碰着头地推敲用词，增删字句，广纳不同意见，充分讨论，方达成了所有家庭成员都同意的《yeti 家的宪章》，《yeti 家的宪章》共有五条，具体如下：

第一条：我们在“yeti 的家”相互敬爱，共同打造幸福的家庭。

第二条：我们各个家庭互不干涉所持的价值观和宗教观，求同存异。同则共享，异则尊重。

第三条：世界再美好，没有我就没有意义；我再宝贵，没有世界就没有价值。这一条适用于所有人。

第四条：我们分享进取和积极的思想，秉持为邻里和社会奉献的精神，并努力付诸实践。

第五条：我们希望我们的子女在“yeti 的家”培育梦想，茁壮成长，成为社会的栋梁之材。

《yeti 家的宪章》不是强调父母与子女的关系，而是作为拥有独特个性的五个家庭的共同体，谋求所有家庭成员的幸福。首先，承认相互间的不同。其核心是相互尊重各自的价值观、宗教观及生活方式，相互不干涉私生活。就说宗教，我的信仰接近佛教，但女儿和女婿是基督徒，还有子女不信宗教。我们不认为宗教会做礼拜相互排斥，而且会讨论各自的宗教所具有的优点。家庭聚会尽量避开二女儿夫妇上教会的日子，教会活动对于二女儿一家是始终排在最优先位置的，知道了这一点我们就会照顾着安排相关日程。

《yeti 家的宪章》指明了我们大家庭生活下去的方向，相当于一个国家的宪法，而宪法是不会轻易改变的。在家庭宪章的规范下，制定具体的生活规则，保障家庭共同体所有成员的权益。如每周末子女轮流陪父母用餐，如果没有得到邀请，决不贸然访问其他家庭，用电子邮件传达家庭消息等。该做什么，不该做什么，所有规则都是经协商后及时修订，或者必要时推出新的条款。规则表面看来是限制性的，但我的看法略有不同。我反而觉得，规则促成了家庭成员间的对话。因为规则是大家一起制定的，所以这个过程客观上提供了家庭成员间沟通和理解的契机。当然，所有的规则不可能完美地得到遵守，但是和没有规则相比，完全是两个概念。

回顾过去，我和老伴儿好像一直在制定家庭成员须遵守的规则。特别是在家庭教育的问题上更为严格，从没有让四个子女上过课外补习班。该结婚时，每人只补助了五百万韩元，而房子是让他们自己找。子女谈婚论嫁，父母一方作为医生和大学教授很有体面。所以大多数人认为我们子女的婚礼会很讲排场，必是大酒店或者豪华的仪式场。但是，我让子女们在大学讲堂或就近的餐厅举行婚礼。结果，周边的人都大感意外，甚至一些媒体专门前来采访，有一些学术研讨会还以我家举例作为现代家庭仪礼的典范。那么，子女们是怎么看待他们的父亲呢？“终究来说，父亲总有办法按自己的意愿说服子女”，意思是我这个做父亲的其实很固执。即使如此，子女们经过协商后还是愿意和父母组成大家庭过日子，说明他们自主生活的意愿其实从没有被“控制”过。

我们一家不举行家祭。我父母的忌日相差十天，所以定下“回忆周”，以简单的茶会和聚餐替代家祭。现在日子过得都很忙，一年进行三四次家祭是一种时间的浪费。而且因为家祭问题，很多家庭都闹出了矛盾。过去是大家族制，一场祭祀有很多人在忙。而现在是要靠一两个儿媳来操办，负担也太重了。如果祭祀失去本意，让活人受罪，那还不如不办。当然，作为慎终追远的家庭礼制，我承认祭祀的重要性。所以留下其主旨，而改换掉了其形式。我把忌日定为“回忆周”，一家人追忆着父母、祖父母和曾祖父母，铭记家庭的意义。我们不再摆祭桌，而是一家人聚在一起简单吃晚餐。我给我自己讲父亲和母亲的故事，给老伴儿讲公公和婆婆的故事，给子女们讲祖父和祖母的故事，给孙儿们讲曾祖父和曾祖母的故事。然后，让孙儿们给祖先们讲这一年在家里发生的大大小小的事情。我希望我的一家人，把忌日看作是愉快的日子。

社会自然形成的秩序，我们通常叫作规范、规则和社会观念。有时，我们因束缚于社会通则，会牺牲掉很多宝贵的东西。如家庭的大小事、礼制、子女教育、赡养父母、老后计划等，因社会规则的束缚家庭会闹出很多矛盾，甚至会造成亲人之间的反目，这样的例子实在是太多了。客观的原因在于规则、规范的变化跟不上时代的变迁，但主观上未能打破陈规也是一个重要原因。如果不具备革新的思想，这种痛苦还会持续很长的时间。

作为一家之长，父母应该具有革新的厚德。即名为“革新”，其实是一个简单的举措。摈弃让家人变得不幸的观念，努力营造一家人都会幸福起来的氛围。同时树立起家庭独有的价值观，从此不再看他人的眼色，更不受社会陈规陋习的伤害。

我是单传的独子，也是世宗大王的后孙。我作为皇室宗亲死后要去见列祖列宗的，会不会因疏于祭祀而受到列祖列宗的斥责呢？我看不会。

一家人如果总是为同一个问题吵架

“从结婚到现在，我们夫妻总是为同一个问题吵架，从来没有变过。”

“那副德行从来都不会变，所以我注定要吃一辈子的苦。”

“从小就是不愿听父母的话。”

我作为精神科医生，遇到了很多疲惫于家庭矛盾的人。他们被梦魇一样不断重复的矛盾折磨着，又无处诉冤。但是，他们所讲述的故事大致都一样，就是配偶、子女或父母都是太固执了，从来都不会改变。其实，这同样也反证了他们本人也是从来没有改变过。现代人竭力追逐技术和流行的变化，但是对家庭关系却不愿按时代的变化而做出改变，或者为此而付出努力。

和父亲对坐着抽烟，普通人连想都不敢想。但是作家朴范新经常和儿子对坐抽着烟交谈。对于他们父子俩，对坐着抽烟只是相互沟通交流所需的一种形式，并不意味着儿子没教养或做父亲的教子无方。

一旦家庭内部产生矛盾，其原因即是情感上相互冲撞，彼此间都一味地希望对方做出让步或者改变，这对解决问题本身并没有什么作用。如果要简单地“解决”。其方法不过就是对问题视而不见或忍让、避让，缺乏正视问题并着手解决问题的态度。其问题也不会得到真正的解决，其实，家庭矛盾始终围绕着同一个问题爆发，不断重复着感情上的冲突。这应该是个大问题，必须彻底解决才行。如果上了岁数，因精力不继更是无心吵架，结果只想避让和掩盖，而解决问题的意识则更是淡漠了，也许会激发更大的危机。有矛盾就应该立刻解决，把矛盾消灭在萌芽之中才最好。

家庭矛盾要用理性来解决，而不是感情。如果不想每天为同一个问题吵架，就应该拿出理性的态度，那么至少会找到解决问题的办法。

我遇到的人，即是我的人生

“何谓学问？”

中国的贤者回答说：“知人。”

“何谓善？”

中国的贤者回答说：“爱人。”

——列夫·托尔斯泰［俄国］《为了生活的学习》

出了诊疗室，人们依然以精神科医生来看待我。久违的同学一见面，首先警惕地问：“你是不是在分析我？”初次见面的人一听我是精神科医生，眼色都立刻会变。这种对精神科医生的偏见，我有时的确会感到一种精神上的压力和负担。不过，如果我能看透你的内心，你应该感到很愉快才对，而不该是烦恼！

即使如此，我也不后悔做了精神科医生。精神科医生可以引导人了解他人，也了解自己，或把信赖给予不自信的人。

如稍夸张一点说，精神科医生承担了“神”的部分职责，是非常了不起的职业。

我偶尔半真半假地对人开玩笑说“我把所有人都看作是病人”，意思是我要了解你，我在向你表示亲近，同时还有人无完人这一层意思。在这个世上，人不可能独自生活，只有通过对他人的了解和认识自己，才能逐步了解这个世界。要珍惜与不同的人相遇并结下的缘分，人因此积累出了人生。

现在的人，对他人的喜好非常鲜明，而且这种鲜明的人，才被看作是“酷”的。对此我不认同，我是看人而不评判人。可能有人认为精神科医生看人是找他的毛病，而我看人是分析其特别之处是什么。人的短处和长处犹如钱币的两面，随着视角的不同短处可能同时又是长处，长处也可能是短处。简单说，一个人的特别之处就在于此。我诊疗患者时，经常把患者的特别之处当作长处进行治疗。

在我的患者中，有一位是特别爱笑的人。他吃饭也会笑，该生气的事也会笑。他找我诉苦说，我到葬礼上也会发笑，请您一定要治好我这个爱笑的毛病。经过检查发现，这位患者的大脑有器质性的病变，造成了行为的障碍。我就叫他记下来是什么让他发笑，也记下来笑的时候会想起什么，而且不要解释其原因，想起什么就记下什么。结果，他记下了几百条。我就对他说："笑，绝不是坏事。别人是想笑都笑不出来，你是光待着自己就能笑出来，多好啊！要对自己的笑保持自信。"

因为是气质性的病变，他现在需要的是对自己的笑病持有积极心态。在这个前提下，才能进入按状况自我调节发笑的下一个阶段。想笑就尽管笑，我是这样对他说的。然后我把他记下的"发笑的理由"编辑成诗集，让他多印几本发放给周边的人。这回，他是真笑了，不是哭着笑的那种笑。他的笑病的调节这才进入真正的治疗阶段。

和社会上各类人交往的时候，也是如此。我不太擅长记人名，但是我会记住那个人的长处、气质和才能。有时，我会直接问"你擅长做什么事？"人们一般很愿意回答这样的问题，并对提问的人抱有好感。我如果有什么事需要帮助，就会想起有相关才能的人，就联络他问其意向。如果对方欣然答应，交往就得到了延续。我致密的人际关系网，就是靠这种方法织成的。

在我的人际网里，还包括我的一些患者。有精神疾患的人，他们的生活环境被限制在家庭和医院里。我引导患者走出诊疗室，并依据患者的特长让他们加入到社工活动之中。在诊疗室，我有意给患者讲社工活动的有趣之处，患者听着听着忍不住会问："我去可以吗？"而我就等他开这个口。我一是想给患者适应社会的机会，二是想让患者自己和周边人看到有精神疾患并不一定是什么事都不能做。

我一生遇到了很多人。我遇到的人，就是我的人生。朋友、弟子、同事、患者以及在高山、在旅行中相遇的人，同做义工的那些人……无数的缘分铺成了我的人生之路。我周边的人经常这么说："被李根厚拉拢住了，这辈子就摆脱不了了。"这个评价毁誉参半，意思是说我会与人结成持续而长久的关系。我非常珍视与我结缘的人，当然我也不乏黏人的一面。

如果有人会欣赏我，人生就会愉快许多。如果没有人需要我，人生就会感到孤独和疲惫。作为拥有五十年从医经验的精神科医生，我想指出的维持人际关系的秘诀是要记住人的特别之处。如果知道对方的长处，维持关系就会轻松许多。了解了一个人的长处，就是获得了认识他的一把金钥匙。

如果你经常失言而悔之不及

我们不管对方本意如何，更相信他说出来的话，这就是人需要慎言的原因。我在诊疗室平生见识了无数的人，从他们不同的经历中，我更加深了对“慎言”重要性的认识。我从医生的视角，一直向人们强调“话语”是人可以活得更加丰富、幸福的工具。夸张一点儿说，人只要懂得小心地说话，人生就可以成功一半了。

很多人想知道怎样才能“会说话”，这其实并不难，只要区分该说的话和不该说的话就可以。至少没有说出“不该说的话”，也算是成功了。怎样做一个说话小心的人？要铭记以下这十条。

第一，脏话不要出口。在贬损的话语中，脏话是最下作的。

第二，绝对不要说对方最忌讳的话。每个人都有最忌讳的东西，这就像雷管，只要你点燃就会爆炸。

第三，不要拿人比人。从三岁小孩到八十岁老翁，都讨厌被人比较。

第四，不要侮辱人格。只要刺伤自尊，关系就很难恢复，还会被怨恨许久。

第五，不要贬损对方家人。在任何情况下都不要贬损与事件无关的对方家人。

第六，不要动辄就把话说绝。“我们分手吧”“我们离婚吧”“我要辞职”，这种话只能真到了那一刻才能说。

第七，说话要有幽默感，没必要什么事都搞得很深刻。

第八，一定要清楚所说的话语会不会让人产生误解。明确表达“是”或者“不”，这需要平时的练习。

第九，不要说拧巴话，如果你心里已经拧巴了，就不如保持沉默。

第十，三寸之舌可以杀人。话语有时候会成为世上最毒的东西，当然也可以成为救人的名药。

要想知道一个人是怎样的人，只要留意其平时说的话就可以知道了。如果要想知道他活得究竟如何，过着怎样的一种人生，那不妨省视一下他的话语就知晓了。

抱了孙子、孙女后悟到的

相比年轻的时候养育自己的子女，祖母们照料孙儿时会更慈祥、更贤明而且更懂得孩子。只有祖母能赢得孙儿们特别的信赖，并且教他们关于过去的有意义的东西。

——乔治·韦兰特［美国］《幸福的条件》

1990年，我的第一个孙子出生了，我在五十五岁正式成为了祖父。和很久以前有了第一个儿子成为爸爸时相比，抱孙子的滋味多少有些不同。既有喜悦，又觉得爷爷的称呼很陌生，而且心里有怅然之感。不过，这种负面的滋味很快就消失了，把蠕动的、小小的生命抱入怀里的瞬间，一股神秘的气息涌上胸怀，我想着我和这个孩子将来会编织出很多很多动人的故事。

人们现在似乎不太乐意成为祖父母，因为成为祖父母意味着被正式宣布为老人了。人到了抱孙子的年龄，就会退休或者从社会上隐退，这两个时刻基本上吻合。抱孙子的喜悦中掺杂着遗憾，这两种微妙的情感容易让人陷入混乱之中。

再则，和过去的传统家庭相比，祖父母的作用已经大大降低了。在传统社会里，祖父母是一家之尊，向孙儿们传授学问，教做人的道理。而现在孩子们的教育基本上全由父母负责，如果祖父母在孩子教育的问题上过分的指指点点，很容易被儿媳或女婿当面顶回去。而且，子女结婚独立出去后，父母一代就觉得终于从养育儿女的职责中得到解脱了，希望从此享受自己的人生。对于他们，这辈子的大事到此已做完了，剩下的时间该用在自己身上了。当然，自己的孙子孙女没有理由不疼爱，不过坦率地说，偶尔见一见疼一疼才最好。这种社会的变迁和自我为中心的价值观，使得祖父母的家庭影响越来越弱，其存在价值本身也失去了以往的光泽。

每个人都会从子女变成父母，进而变成祖父母。可以说，人生后半程的祖父母阶段，是人的一生中最精华的时段。成为祖父母意味着人生又上了一个台阶。在祖父母的位置上，可以体验到新的职责已经降临到自己的身上，看待这个世界已经有了完全不同的角度。而且，通过回顾可以发现过去的不足，明白终于有了弥补的机会。从我小时候到子女出生，到孙儿出生，对这个世界究竟是怎么变化的，终于有了真切的体会。

看着孙儿们长大，我经常回想我是怎么养大自己的孩子的。遗憾的是我能想起来的并不多。坦率地讲，说我的孩子们是自个儿长大的也不过分。我在医院忙得不可开交的时候，好像孩子们一下子就长大了。我逐渐进行着反省：我虽然是个医生，但孩子们的生长环境并没有因我而优化，说是通过对话解决孩子们的问题，但最后做出决定的依然是我的固执。而且我并不关心孩子们的教育问题，该怎么学习，都是孩子们自己解决的。我还能想起这样一件事：正在上小学的我最小的孩子在解数学题，他忽然问："爸爸，集合是什么？"我就随口回答："集合？不是都到这里列队集合的意思吗？"结果孩子瞪圆了眼睛问："爸爸，您真的是博士吗？"

有一天，我向子女们表达了我的歉意。结果孩子们对在市郊的破落的房子度过的童年，有着最温馨的回忆。而且孩子们说，虽然我很固执，但是会耐心地等到能说服孩子们为止，做到这一点已经很了不起了。

每当孙子孙女们会走步、掉乳牙、上小学、交朋友等有新变化的时候，我就和子女们分享尘封岁月中的记忆。通过交谈，我们消除了记忆中残留的遗憾和误解。让我吃惊的是哪怕相同的事件，各自所记忆的竟完全不一样，也有我全然记不起来的事情，而且有些事还揭示了我的另一面。追寻这些记忆，心情犹如寻宝。“还有这些事？”“我是记不起来啊……”“当时只能那样做”，我们无数次重复着这些话，相互充满了感激。这是从内心的深处涌出来的暖人的感激。可以说，孙儿们是连接两代人的珍贵的存在，通过他们我们可以了解过去。如果不是孙儿们，我可能还作为不称职的父亲留在记忆里。

祖父母同样也可以成为孙儿们和他们父母间的桥梁。我们作为父母虽然不是很成功，但毕竟有养育四个子女的经验，而且对孙儿们拥有更客观的眼光，所以在一些场合，可能比他们的父母判断更为准确。

我第一个孙子上小学时，我去参加他的运动会。操场上拥挤着参加比赛的孩子们，唯独看不到我的孙子。到处去找，最后发现小家伙儿孤零零一个人站在操场一角的鸟笼前，看关在里面的孔雀。也是在这段时间，我的儿媳一直操心儿子不合群，没法和其他孩子们玩到一块。我心里想着，毕竟是我的血脉，小家伙和我小时候真是太像了。我上小学时，因为毛笔字写得好得到了奖状。早操时间校长为了颁奖叫我的名字，但是我性格太内向，即使听到呼换名字也不敢向前。所幸的是，我上了大学后，开始和别人打成一片，内向而固执的性格开始得到改变。我想我的孙子随着年龄的增长，也能靠自己的力量自然而然地克服性格上的问题。

我给儿媳讲了我差不多和孙子一样大的时候发生的故事。我想，我爷爷当年可能也是如此这类话，但不知道会不会让儿媳得到安慰。我给儿媳提醒说："这种性格上的问题，不是父母着急了，就能立刻能得到解决。不妨心里一直关心守候着他，再则没必要把孩子的短处放大来看。世上没有完人，人都是在克服和弥补自己不足的过程中得到成长的。"

可能是这一席话的效果，儿媳对待儿子放松了许多。看来我这个老公公的人生经验，对通晓最新育儿信息的新时代儿媳也有所帮助。经过此事，我下决心要健康地活得更久，以我的人生经验尽可能地帮助家人。

但是，我明确划定了我的职责的范围。关于孙子孙女的事情，一定要小心不要走到父母前面。祖父母们做一家之长久了，就免不了对已经做了父母的子女指手画脚。祖父母们应该铭记要跟在后面，而不是走到前面。在孙子、孙女的养育、教育的问题上，应该信赖他们的父母，然后以减轻他们负担为目的提供帮助。如果超出了这个限度，很可能会被子女们说"这个我们都知道"，"这您就不懂了"，会当面讨个没趣。

祖父母们应该了解最新知识的原因，也在于此。祖父母们掌握的养育方法，很可能不符合现在的育儿经。现在的孩子们生长在丰富的物质世界，接触的是最尖端最丰富的文化。祖父母和父母们不能以他们那个时代的经验，去判断迅速变化着的环境中成长的孩子们。比如一个非常淘气的孩子，用过去的眼光看是“孩子小时候都这样”，而用现在的眼光看是“孩子可能有情绪不安方面的问题”。总之，孩子会自己长大的这种想法，现在已经不适用了。现在是连女孩都敢踢球的时代，如果对孙女、女儿们讲“女人应该如何如何”，很可能会给晚辈植入落伍于时代的价值观。现在也是一个营养过剩的时代，如果不许孩子们剩下碗里的食物，很可能会导致肥胖症。正确的方式是应该教孩子先匀好自己能吃的分量。祖父母的养育方法，在一些方面确实严重落后于时代。所以，如果想真正帮助自己的孙子孙女，最好去了解最新的育儿经。

对自己的爷爷和奶奶，人们都有美好的记忆。但是，无条件地包庇和纵容，现在已经不适用了，不能只做慈祥的奶奶和爷爷。为了让孙儿们身心健康，茁壮成长，祖父母们应该起到该起的作用。怎样教会孩子安全常识、健康常识，怎样培养孩子的良好习惯，怎样与孙儿们沟通和对话，这类知识稍加用心就可以掌握。“现在的孩子太有活力，我跟不上时代了，我这岁数还能做什么”，不要以这种态度袖手旁观。如果祖父母们掌握了现代的信息，并以此付出努力，会更加巩固家中的地位。

这个世界既有快速变化的，也有绝对不变的。冬去春来，日落月升，这是亘古不变的。人们在这个世界上活着，平素不会考虑太阳是多么宝贵。在一个家庭里，祖父母就是太阳一样的存在。当子女和孙儿们因人生的种种问题陷入不安时，祖父母们可以靠人生的洞察力指点迷津，或安慰和激励他们：一时的困难终究能熬过去。某种意义上，这就是祖父母们能起到的最大的作用。

有句老话说：不是大人造就孩子，而是孩子造就大人。仔细品味这句话，我觉得我的子女、我的孙儿们确实在造就着我的后半生。一家人的因缘际会真是太惊人、太美妙，我活得越久，体会就越深刻。

我为什么劝人过花甲

人该隐退的时候，其实最完臻。我们到这个时候才最符合自己，人生也处于最重要的阶段。我们活到这个时期才能积累出最为丰厚的资产，如果不去开发，就显得太过愚蠢。

——伯纳德［法国］《离开或停留》

我属猪。我小时候苦恼过“为什么偏偏属猪”，我以为过了猪年属相就会改变，就眼巴巴地盼着新年。终于熬到新年1月1日早晨，我睁开眼就立刻问妈妈我现在属什么？可是妈妈告诉我依然属猪，我失望透顶。我如果和妈妈一样属牛多好啊！哪怕属兔也行啊？

我满六十周岁的时候，想起小时候不愿属猪的记忆，不禁笑了出来。我满六十岁的这一年，和我出生的时候一样也是猪年。这么长的岁月，怎么一转眼就没了？这也是我哑然失笑的原因。

按旧历的计算方法，天干地支六十年一轮回，人过六十一虚岁生日的时候，就有子女们操办花甲宴祝寿。宴桌上堆满山珍海味，儿孙辈齐来磕头，又身着彩衣载歌载舞。不过，这都是人很难活过六七十岁时候的旧事，现在再提过花甲，很可能认为你是乡下来的。现在韩国男性的平均寿命是七十七岁，女性是八十四岁，本来是祝高寿的花甲宴就失去了意义。最近人们过六十岁生日，就和家人草草吃一顿饭，或者夫妻俩出门旅行。无论以什么形式过花甲，都不会赋予特别的意义。这里还有不愿意承认上岁数的这一层意思。

现在是开启百岁寿命的时代，人们应该以完全不同的方式和意义过花甲寿。我经常和周边的人说，如果子女要给你过花甲，千万不要拒绝，甚至劝人一定要过花甲生日。但是，要改换形式和内容。

把花甲看作是高龄的象征或老朽的起始点是落伍于时代的想法。但我认为还是需要办花甲宴，以此来提醒自己确实上了一定的岁数，在态度和作为上要做出相应的改变。花甲是优雅的老年人生的开始，如果把花甲宴看作是让家人见证自己上岁数的场合，可能更有意义。

与我同年的一位教授同事，花甲之年决定和弟子们共同度过。他的想法是，一年有五十二个周，就让他的五十二个弟子每周请他吃顿饭。每一个弟子在这一年就请一顿，负担不会大，而他每周都可以和弟子用晚餐。弟子有机会孝敬恩师，恩师则可以和弟子进行有益的谈话。我虽然觉得这个计划不无开玩笑的成分，但是计划本身并不坏。利用过花甲的机会，与人进行良好互动不是更有意义吗？借这个场合回顾我的一生，向子女和弟子及周边的人展示我的人生经验和教训，这也是过花甲的价值所在。

临近花甲，我大体上立了三个计划。一是整理我走遍全国拍摄的石佛像，开办一个照片展；二是把照片编辑成册分赠给亲友；三是宴请亲友。宴请的部分，我决定分家人、弟子、同事分别来进行。我是怕相互陌生的人聚到一起，氛围可能会不自然，我无法让所有的人感受到我的感激之情。我把以上计划整理成《我的花甲策划书》分发给了子女、弟子和同事。过“花甲”一般是由子女或弟子们来操办，但我没有让他们插手。我是想言传身教告诉他们为什么要过花甲，而且该怎么过？同时，我想对亲友们聊表寸心，以感谢他们多年来对我的帮助。

过花甲的日子终于到了，熟悉的面孔一个接一个地出现，我一一和他们握手，脑海里像过电影一样回放着人生的片段。他们在岁月流逝的过程中守望了我的人生，并与我共有其中精彩而甜蜜的一段，我真是太感谢他们了。我坦诚剖析过去的人生，又宣言未来的计划，我望着他们洋溢着的笑容，差一点儿流出眼泪来。虽然没有热闹的奏乐声，但是在不言中悄悄传递过来的那充满温暖的祝贺，让我预感到接下来的人生依然会顺畅和精彩。

过完花甲后，我的每一天都是在那么新颖和新奇中幸福地度过的。我决定只要有好事发生，都当作是在过花甲了。如果每一天都是崭新的开始，那每一天就都会充满着愉悦，那么这一天不就是相当于在过花甲吗？

要尽情享受“代沟”带来的乐趣

只有虚心，才不会误解或歪曲对方的本意。虚心，不是指没思想，而是暂时拿掉我的偏见和固执。

——赵信荣，朴贤灿［韩国］《倾听》

我们五个家庭三代十三个人要在一个屋檐下生活，我开始考虑和孙儿辈相处的问题。我住在一层，孩子们住在二层、三层，虽然居住空间不同，但每天都要碰个面。我老伴儿是每天早晨送孙子孙女们上学，所以自然和他们容易打成一片。我是靠什么来吸引他们呢？经过苦思，我想到了电脑的点子。我在起居室安装了最新型的电脑，孙儿们就每天下课后拎着作业本挤到爷爷家里来。我就趁这个机会和孙儿们聊。我孙女喜欢猫，我就给她发带有猫咪图片的邮件，又把关于猫的常识讲给她听。

孩子们小小的脑瓜子里，究竟都想些什么呢？观察这些，也是很有意思的。现在的孩子确实和过去不一样了。我小时候，一个故事奶奶给我讲了十多遍，我每次听都能笑疼肚子，可以说那时候我们特单纯，这与生活单调，信息不畅有关。而现在的孩子们，六七岁就有自己的主张。他们每天从所处的环境中接触着海量的信息，学得远比我们多得多。而且不仅懂事，领悟力也比我们强。有一次，我开玩笑地把手触到老伴儿的胸口，结果上小学五年级的孙子立刻说："爷爷，你这样不行，这是性骚扰。"结果我和老伴儿都目瞪口呆，不知道该说什么好。如果不理解这种社会大背景的变化，就会觉得现在的孩子们缺乏教养，不可理喻，其实不然。

其实，这就是"代沟"，也就是世代差。"世代差"指的是社会变化带来的两三代人不同的思考方式和价值观。但是，"代沟"只是"不同"而已，年轻一代的思考方式不是从火星掉下来的异端邪说，没必要咂舌认为年轻一代太过利己，缺乏热情和耐性。从几千年前的古金字塔出土的莎草纸上，记载着"世风不古，现在的年轻人缺乏教养"的句子。在古埃及时代尚且如此，何况是当代呢？现在的说法是年龄相差一岁，共鸣就会少一分。

对这个代沟，我秉持的是享受的态度。年轻一代的言行，他们的发型，以及难以理解的自我表现方式，我看在眼里，既感到新鲜，又感到神奇。染成红色、蓝色的头发，各种耳钉，麻袋片一样的衣服，根本听不懂什么意思的“火星语”，说唱的音乐，华丽的电视秀……虽然很多是我无法理解的，但预先想成这是年轻人自我表达方式，就可以接受了。如果回头看，我们这一代在年轻的时候很不善于表现自己。而现在的年轻人是毫无顾忌地表现自己，淋漓尽致地释放自己的能量。只要不违背人之根本，不代表道德上的堕落，不妨持宽容的态度去看待。

有时，我很羡慕现在的年轻一代，他们在富足宽松的环境里长大，有着充沛的底气和自信。有一次我看奥运会颁奖仪式，记者问胸前挂着银牌的韩国选手有没有遗憾？年轻选手坦然地回答说：“拿银牌也不容易。”这一幕给了我新鲜的冲击。对胜负不抱遗憾，认为拿第二也是努力的结果，只有真正的自信自爱，才会有这份坦然。过去我们即使拿了第二、第三名，也会垂头丧气。年轻选手的一句话，立刻让我的头脑清爽起来。这就是现在年轻一代的风采。

我和他们沟通的媒介就是电脑。我和孙儿、弟子以及网上学院的同学们一直保持邮件上的往来。他们听说年过七十的老翁能自如使用电脑，就感到好奇，这也可能是他们愿意接纳我的原因。我很久以前就把电脑看作是“老人的玩具”，努力学习和掌握。上岁数后身心都不大灵便，我就想通过电脑来更好地了解世界。

一开始，我有些摸不着头脑，年轻一代表达情感已经简短到了字母。例如“?”，在跟帖打上一连串ㅋㅋㅋ……“ㅋ”表示亲近、愉悦、同意等多种情感状态，年轻人一眼就能体会。“ㅋ”一个字母，就足够表达“拥抱”“相爱”的意思。对这种符号化我既吃惊，又感到新鲜，而且我也很快就用上了这些符号和火星文。可能是这个原因，我的帖子后面跟帖的也多起来了。

如果你看不惯火星文，认为完全是在胡闹，那么许多对话就会戛然而止。上岁数的人，自然有更高层次的文化沟通，但不能强加给年轻一代。事实上我们年轻的时候，对老一辈的文化沟通也是不太感兴趣的。如果上岁数后仍想过得愉快，就有必要学习年轻一代的文化沟通方式。如果你固执地拒不接受，那只能在郁闷中度日了。

我现在最容易接触到的年轻一代是孙子孙女们。和孙子孙女们打成一片，可以接触到最新的文化以及思维方式。和孙儿们保持何种关系，以何种方式相处，会决定我的生活能否更加丰富。通过孙儿们，可以体验到新的社会，可以用崭新的角度看待事物。这种新的体会的过程非常有趣。

我小时候看到的老人，要么是脸上挂满皱纹的慈祥的老奶奶，要么是神情严肃，一言不发的老爷爷。他们头发花白，动作迟缓，无所事事地静静地待在屋子里。但是现在上岁数的人，已经很难再称之为“老人”。他们大都很健康，而且很爱活动。他们要么依然在工作，要么有着体育、舞蹈、音乐、旅行等诸多爱好。他们不再是老弱而被动的了，而是拥抱生活，享受人生。

现在是百岁寿命的时代，以后再区分年轻人和老人，可能没有多大意义。和孙子孙女们分享着人生的愉悦，相得益彰，这样的祖父母不是看起来更可爱吗？

下决心写一年的日记吧

每天都要吃饭，而且每天都要见人。不管有没有食欲，都要吃；不管有没有心情，都要见人。我忽而想到，平实的日子才是非凡之所在，深藏着人生的甜苦。

——咸荣［韩国］（作家）《牛尾汤中的一朵花》

有一天早晨我在三清洞散步时，碰到了白山权荣宽先生。先生问不久前给我起的字号“无何”满意不满意？“无何”是一视同仁的意思。我觉得这个字号正好说明了我的一生。我从医几十年来待患者始终如一，而且从不以自己好恶判断过一个人。得到“无何”这个字号后，我叹服权荣宽先生非常会看人。

1995 年，我终于六十岁了。我想做有意义的事情来纪念这一年，我左思右想，最后决定留下特别的记录，即六十岁这一年每天坚持写日记。每到新年，我都会换新的记事本。

我看着记事本上写下的也就一两行的日程记录，每次都觉得很可惜。我下决心：哪怕不是写日记，就是把一天发生的事情写得更仔细些也行呀，但即便如此，也没能坚持下来。

但是六十岁这一年，我都做了些什么，想了些什么，见了些什么人，想仔细记录下来。这样做首先对我有意义，而且为了给子女讲我的事情，也有必要仔细记录下来。父亲坦率的日常记录，对于子女们不是很好的故事吗？

一年的时间虽然不长，但也足够浓缩人的一生。如果一生都写日记，把所有事情都记录下来当然很好，但是如此忙碌的时代，实在是勉为其难。现代人的生活，哪怕是无所事事地闲坐着，也不会有写日记或记录一天琐事的内心的余暇。虽然每天都写日记确实有很大负担，但是只写一年，这个总能够坚持下来的。

我把记录1995年的日记起名为《无何日记》。从1月1日写起到12月31日，虽然其间有落下的日子，但总算是坚持写完了。虽然名为“日记”，其实也没有什么特别之处，大多是重复着记录了我经常做的事，经常在想的以及经常见的人。但是仔细读下来，一脉相承地记录了我一生之言谈举止、为人处世，以及对子女的叮咛和期许。

其中有几则记录值得一提。一个是关于写稿子的事情。

我在日记中，仔细记录了媒体约了哪些稿，我又是怎么完成的。有一周有四五家媒体约稿，我一边拼命赶稿一边留下了这样的记录："约稿必须全部完成。"我从不会拒绝约稿，也不觉得烦。我想分享我所拥有的知识和智慧。一个"我"不是凭空造就出来的，是无数的金钱、无数人的帮助以及社会资源堆出来的。所以我的言行举止，行为准则应该为他人和社会所知晓，进而奉献自己的才能。这个信念在日记上就化作了"约稿必须全部完成"的承诺。

日记中也记录了关于年轻时候的一些回忆。那是我们一家在市郊租房子的时候，一个寒冷的日子。屋子漏风很厉害，孩子们用被子裹得紧紧的，只露出脑袋在看我。我这个年轻的爸爸望着他们明亮的眼睛，想着甚至没有能力给他们买玩具，心里隐隐作痛。可是，那一段贫寒的日子给孩子们留下了温馨的记忆。相同的状况，我们夫妇和孩子们是有着完全不同的记忆。所幸的是孩子们把那一段日子记忆成了浪漫的时光。我希望以后子女们读这一段日记，能理解贫困时代父母们曾经有过的焦虑。

还有偶遇过去治疗过的患者的故事，我希望做医生的女儿一定也要读一读这篇日记。在首尔艺术的殿堂，一位夫人前来问候并说认识我。我问是哪位？她说曾得到过我的治疗。

我想不起来了，毕竟过去了许多年了。我看她的气色很不错，所以放了心，就问：“当时的分析治疗有帮助吗？”夫人说很有帮助。我听着不是客气话。关于这一幕我这样记录：“就在我眼前，她生活得很健康，这不就是证据吗？”

我平生作为医生很诚实，但是对患者始终抱有敬畏和紧张感。这是医生承受的压力，但同时也体现了医生的职业精神，而且是健康的。我问患者“有没有帮助”，然后怀着恐惧等待着回答，我相信女儿作为医生比谁都能理解。承受来自患者的压力，作为医生是很自然的，只有明白了这一点才能成为一名称职的好医生。

此外日记还记录了一年来的琐事。操心子女，操心做事，还有一些思考，还有一些心迹。我没有刻意把日记写好，就像吃饭睡觉有什么就记什么。 虽然只是一年的记录，我做了些什么，想了些什么，都忠实地记录下来了。

如果子女们读了《无何日记》，应该能理解父亲的所思所想。如果他们读着点点头说“原来父亲当时有这些想法”，我就心满意足了。

如果你茫然不知如何立人生计划

如果到了五十岁，应该以五年为一个单位立人生计划。五十岁虽然还是“青春”，但毕竟迈进了夕阳之境。如果苦恼退休后该做什么，就有必要应认真考虑关于“死亡”的问题了。

我在尼泊尔因呼吸困难倒下，切实感受到死亡已近在眼前。因为我活下来纯属运气，这次历险使我切身体验到了生命的可贵，懂得了时间的珍贵。我从这时候起以五年为单位立人生计划。我决定分析生物学上的平均寿命，还设想以五年、三年、二年为一个单位立人生计划。

在美国，把退休后开始新人生的老人称之为“2Y2R”，意思是作为退休的人太过年轻。而且，对老人的称呼也很丰富，六七十岁的老人称之为“年轻老人”，七八十岁老人称之为“普通老人”，八十岁以上老人称之为“老老人”。既然老人已被如此细分，就不妨按这个标准立人生计划。

年轻的时候，人们一般会以重大目标为中心设计人生。五十岁以后则是以时间为中心立人生计划。简单说，设定自己只剩下五年的时间，该做什么会明晰起来。五年过去后，再立下一个五年的计划。如果到七十岁，就以三年为单位立计划，然后是二年、一年，甚至以一天为单位立计划。立计划，不是起草什么宏伟的规划，只是安排自己有事情做，避免浪费日子，浪费我们宝贵的生命。

我为什么和孩子开关于痴呆的玩笑?

我们和家人、亲友、邻居，不管是什么形式都是欠着爱的债务在生活。所以幸福就是，生活一天就必须偿还债务。

——于娟［中国］《我今天必须活下去的理由》

随着寿命的增加，患痴呆和担忧患痴呆的人渐渐多起来。痴呆，一言以蔽之就是大脑的老化。正如身体衰老一样，大脑也会衰老。上岁数后大脑功能衰弱，就会出现记忆力、判断力、语言能力、感情表达方面的障碍。我们之所以恐惧痴呆，是因为无法自我控制。相比我所经历的痛苦而言，那种牵累家人及亲友更让人恐惧。

但是有什么办法呢？身体使用久了，自然而然会损坏。虽然没有治愈的良药，但是缓解症状的药物还是有的，而且在生活习惯上作出努力，更能延缓痴呆的到来，所以我们该做什么，其实答案是不言而喻的。首先，少量喝酒、及时戒烟，改掉容易让痴呆恶化的坏习惯。这总比哀叹和发火要有效得多。

作为平生研究人的精神世界，治疗精神疾患病人的医生，我恐惧痴呆，甚于死亡。因我患有种种疾病，作为并发症我患上痴呆的概率要比普通人要高。这一点不仅是我，连我的家人也都很清楚。不过，我现在毕竟还没有患上，就没必要极端地去想象。只是，有必要事先做好心理准备，一旦患上会面临哪些困难，而这些困难该怎么应对？

子女们始终希望我至少能保持现在这个程度的健康，但这只是希望而已。我为了减少子女们心中的不安，经常故意开“关于痴呆”的玩笑。像卡通剧《沙悟净系列》那样，我故意记下一些荒诞无稽、让人摸不着头脑的话语冷不丁说给家人听。我的子女们一开始目瞪口呆，当儿女们终于明白是个玩笑后，禁不住地笑出来，满眼是“我们的老爸怎么会这样”的神色。

有一次，我对子女们说：“你们看搞笑的电视节目肯定会笑出来，如果我患上痴呆胡言乱语，你们也要笑啊。虽然悲哀，就当是我在搞笑吧。到时候不要埋怨‘老爸怎么会这样’，尤其是你们不要悲伤，否则我会更加抑郁。我们应该欢笑着过日子，我现在脑子清楚，所以说这些话，如果真患上老年痴呆了，就来不及说了。所以你们要记清。”

虽然子女们很不愿听，但我经常提痴呆的话题。子女们开车捎我时，我就加减前面车辆的车牌号码，以此来锻炼大脑。徐廷柱先生是在晚年时，每天早晨都背诵山的名字，但我还做不到他那个程度，背背数字还比较适合我。我自言自语念叨数字的时候，开车的儿媳就会偷偷地笑。我希望在我儿媳的眼里，为防治痴呆不懈努力的公公很可爱，进而能积极地看待我以后可能患上的痴呆的样子。

“痴呆”这个词汇，只具有痛苦和绝望这类的负面意义，但是对痴呆的恐惧，使得痴呆变得更加恐怖。痴呆是蠢上加蠢的意思，痴呆如果只是全部忘却平生之所记还可忍受，但是最让人恐惧的是失去人的尊严，只剩下本能的欲求。但是如果人生的旅程注定要穿过痴呆这个隧道，那我也只能坦然接受。只是头脑尚清楚时，仍要以积极的力量认真地生活下去。我一旦失去记忆，我的家人和亲友就会帮助我，对此我既歉疚，又感激。那么趁头脑还清楚时，预先表示感谢也不是很好吗？

美国前总统里根也曾患有痴呆症。他的夫人南茜时刻不离地一直在照料着他，直到里根去世。无法沟通，无法分享回忆，更无法共同承担任何事情，但是无论患病前后，南茜待里根都是始终如一。她说：“只要坦然接受就行了。就当做早晨起来，知道这一天开始了，然后走向他。只要爱着就可以。”

南茜坦然地接受了痴呆，当然这绝不会是那么轻松的一件事儿。可能正是因为如此，我再三领悟上岁数后所能得到的最大智慧就是“接受”。

你离开时，想把什么留给你心爱的人?

农夫熬过春夏，盼望秋天的到来。既然如此，你有什么理由悲伤呢？属于自然的，都是好的事物。哪有比死亡更符合自然规律的呢？

——西塞罗［古罗马］（哲学家）《论老年》

我十一岁的时候，奶奶去世了。我在奶奶的丧礼上，脑袋里一直想着：如果死了，就会埋到地下，那么怎么喘气呢？奶奶在地下该有多闷呢？我有没有办法帮奶奶呢？但是没有答案。棺椁下到墓穴，开始埋土，不久出现了圆圆的坟墓。相比悲伤，我更抑郁未能帮到埋到地下的奶奶。前几日我接到大学同学去世的讣告，就想起了这段黯然的往事。

我们之所以恐惧死亡，是因为全然没有关于死后世界的信息。世上还没有人死后回到这个世界，有的只是以为死亡的人，心脏重新跳动起来。虽然其中的一些人声称见证了死后的世界，但是除非经历了死亡，就不可能证实其真伪。关于死亡，一般形容为去了另一个世界。这是一种搬家的概念，但无从知道搬入的是板棚，还是公寓，或是庄园中的别墅。因不知死亡后的真相而产生的根本性的不安，是恐惧死亡的本质所在。

托尔斯泰是伟大的文学家，他作为作家洞悉了人类心灵的渊薮，但是晚年的托尔斯泰也饱受了对死亡恐惧的折磨。他在日记本上把死亡形容为“入口狭窄而深邃的黑色提包”，他已死去的母亲和兄弟们，还有他的四个子女都关在了这个提包内。

耶稣又是如何呢？耶稣被钉上十字架的时候，他就不恐惧死亡吗？并非如此，神的儿子耶稣也恐惧死亡。只是耶稣知道除了接受死亡，没有其他选择，他就决定把自己的灵魂交付给神。正因如此，他可以背负沉重的十字架，可以忍受铁钉穿掌的巨大疼痛。

我认识的一位高僧得知自己得了癌症后，就哀求医生救救自己。还有一位神父答应死后捐赠眼球，但是临死时又反悔了。人们对这些神职人员和出家人的作态深感失望，就露骨地贬损他们。人们认为不恐惧死亡才是完美的人，其实反而证明了人们对死亡抱有多么大的不安和恐惧呀！但只要是人，无论神职者还是精神上超脱的人，对死亡都抱有本能的恐惧。该怎样超越这个恐惧，是人的苦恼所在。这个苦恼越深，就越能自觉接受死亡。终于承认“人终究会死，我亦不可免”，这就从心底做好了迎接死亡的准备。在这个准备过程中“我”倾注了多少意志力，会决定你临死的面貌和态度。

作为一个自然人普普通通地死去，我认为是“最具人性”的。死亡时心怀着对死亡的恐惧，我不认为是羞耻。只是，从自我的角度上看，想办法克服死亡的恐惧，不是很有意义吗？对死亡的充分思考，会更加完善一个人，会让余生变得更有价值。我们的周边，太多的人没有做好准备就死去了。

飞机会逐渐降低高度后着陆，死亡也需要软着陆。抵御死亡的恐惧，为了临终的安详，那最后的一日来临之前应做好准备。一些僧人临终前会打听高僧们圆寂时的状态，是坐姿，还是倒立着的？这倒不是为了漂亮地死去，而是为临终做好心理准备。

我在年轻的时候，希望像蜡烛一样死去，直到灯芯燃尽，才身心俱灭。只要生命之火还在燃烧着，哪怕一灯如豆，我想也会有人需要这一点儿的光辉。如果油灯就要耗尽，我只能在床上度日，我就想看着我当年拍下的尼泊尔风景和我过去喜欢的电影来整理我的一生。

可是，我现在觉得这种死法会拖累身边的人。而且怀疑有没有气力扛过最后的残烛将息的阶段！如果被病痛折磨得生不如死，我该如何控制自己？

而且我心脏不好，某一天猝死也不是不可能。这种猝死不仅本人会遗憾，而且会给家人和亲友带来巨大的混乱和冲击。我为了避免这种荒唐死亡的来临，身上始终备着急救药物。我是想死亡来临之前，尽可能多争取些时间。我想躺在床上迎接最后的时刻，和我的子女、我的孙子孙女坦率对话，相互宽容，解开心底的芥蒂。

我在家庭研究所作为生涯教育的一个课程是讲授“死亡”。我想和听课的人交流一下我关于死亡的思考。我特别强调的是如何与第一次经历亲人死亡的孙子孙女们道别。我至今不能忘却奶奶去世时所经历的恐惧和混乱。孙子孙女们有一天会突然遭遇祖父母的死亡。从学校放学回来，忽然听妈妈说：“孩子，奶奶去世了。”现在的孩子们，和祖父母情感的距离很远，所以很可能吃惊得就如同在公园碰到刚刚死去的麻雀。如果是这样，那就太不幸了。

如果祖父母患病临终不远，一家人就该做好道别的准备，而不是说“就会好起来”。不仅是当事人，一家人都应陪同着营造肃穆的临终氛围。不要被死亡的恐惧、哀伤这类的自然情感所左右，而应该想好最后的这段时间该做好什么。在这个过程中，孙子孙女们会自然明白死亡是什么。

第一，死亡是自然和正常的过程，人以此获得安息。把这种死亡的意义教会子孙后离世，就是幸福的人。死亡是人生的组成部分，不妨平时就经常讲出来，让家人不忌讳死亡，思考这个问题。

第二，为活到现在而感恩，并表达出来。特别是要感谢孙子孙女们曾经在一起的那一段时光。

第三，可以充分交流离别的悲伤，如果带点幽默感就最好：“我先过去占个位子。”

临终的当事人如果能表现出最后的从容，一定会给家人留下暖意的悲伤吧。波德莱尔说：“相爱的人要懂得离别的方法，这是最为重要的。”他所说的离别可能指的是恋人间，但是我们也要懂得与人生的离别方法。死亡意味着和子女离别，和自己一生积累的离别，最后也意味着和自己离别。人最后能留下的，就是爱。如果最后的时刻尚未到来，切记你还有充分的时间分享你的爱。

让人生变得更有意义的方法

“神父，我变成盲人了，再也无法义务奉献了。我从十五岁起做义工，给我的人生带来了很大的意义。”

于是，我回答：“直到人生的最后一分钟，你能为给你端来食物的朋友报以微笑，而这个微笑能够支持你的朋友一整天，那么你已经做出奉献了。”

——阿贝·皮埃尔［法国］《皮埃尔神父的遗嘱》

2003 年，我在尼泊尔安娜普尔娜地区做山地旅行。大约凌晨时分，有人告诉我，说一个尼泊尔女人在找我。出去一看，原来是我的朋友赞德拉。赞德拉说，只要有韩国的登山队或游客经过村子，我都会叫着名字找你。其实前一天，我在她住的村子吃了午饭后告辞，赞德拉从塞尔巴人那里打听到后连夜赶了过来。第二年二月我在加德满都时，赞德拉也来探望我。她住的村子离尼泊尔有二百公里，她一路搭乘各种交通工具才得以赶过来。

赞德拉是在 1992 年到韩国打工，在餐馆被误解为吃“霸王餐”的人，她被扭送到警署后又辗转送进了精神病院。赞德拉虽然说明自己是尼泊尔外籍劳工，但是长相和韩国人差不多，而且谁都听不懂的尼泊尔话里掺杂着韩国话，结果被误认为是精神异常者。赞德拉在精神病院整整被关押了六年半。有一天龙仁精神病院的后辈医生打电话给我，说一个患者坚持说自己是尼泊尔人，能不能过来看一下？这个患者就是赞德拉。

哪怕有一个人稍微倾听她说的话，赞德拉也不会在陌生国度的精神病院度过恐怖的六年多时间。我帮助赞德拉回国，又代表韩国人说对不起。赞德拉铭记着我的帮助，在尼泊尔只要见到韩国人就打听“认不认识李根厚博士？”。而且几年后，终于见到了我。赞德拉丝毫没有怨恨地狱般的六年半时间，只是不断地对我表示感谢。对于她而言感恩远比怨恨更重要。

赞德拉目前在尼泊尔积极开展消灭女性文盲教育运动。她诉说着自己在韩国的遭遇，演讲“如果像我一样不识字，就会遭受冤屈”。在无人相信的环境里被关押六年半，哪怕健全的人也会被逼疯。但是赞德拉坚持下来了，而且没有把苦难的经历当作伤口，而是作为教材说服人们要学习和识字。

我平时经常对弟子们说“学以分享”。如果有来自尼泊尔的留学生，我就领回家里提供食宿。我也经常对他们强调：“到韩国学习不能以赚钱为目的，应把学到的东西带回祖国回馈社会，帮助更多的人。”可能我说的话起到了一定的作用，他们回国后其中有五个人自出资金盖学校，办教育，并成为了校长。

现代人有这样一种倾向：一切东西都用金钱来衡量，结果导致了过度的竞争。我们宝贵的人生，不能把金钱设为最终的目标。有意义的人生应该是分享的人生。

我们还可以分享我们所拥有的一切。我说“学以分享”，其中“学”的范围非常广泛而且多样。既可以是我的学识，也可以是我独特的经验或者独特经历，像赞德拉这样的厄运，如果用做教训也会升华为积极的东西。

我年轻的时候走遍了全国的大山，我就画雪岳山登山地图分发给人们。我还画过南山地图，便于人们寻访散落于庆州南山的石佛像和石塔等文化古迹。当时这种地图并不多见，或许某个迷路的登山客，因这张地图拯救了自己的生命呢？

让自己的人生变得更加有意义的方法，其实很多，而且也并不难。只要“学以分享”就可以。现在是“因特网”时代，“学以分享”变得更容易了，这是多好的时代啊！

如果你自卑，就无法对己宽容

我们被社会制度化的过程中，习惯了谴责自己，并把自己看得一无是处。同时，我们对人宽容，对己严苛。相同的错误，别人犯了是小失误，自己犯了就会铸成大错。

精神分析学家阿德勒讲，人是生来就带有自卑感的。人在成长的过程中努力克服自卑感，但是克服了一个，又会出现新的一个。这时人会竭力维持优越的那部分，其实维持优越要付出更多的努力。人们在一生就是这么不断交替地踩着“自卑”和“优越”的转轮前行的。人有与生俱来的才能，与他人比较有优越的，也有不如人的。但不会什么都不如人，也不会什么都优越。

阿德勒说，在不断克服自卑和追求优越的过程中会渐渐形成人格。但是，有不少人过低地评价自己至今做出的努力，并据此陷入痛苦。他们一生踩着转轮，用否定的目光看自己，并把自己定格在“低人一等”上。他们虽然自我贬低，但内心却渴望做好一切，结果只能看到自己的不足，于是全盘否定自己。

所以，要尽早抛弃什么都想做好的念头，世界上没有人能做到这一点。以下是写给不能摆脱自卑感的人的单子，是自爱者所需的人生态度，希望大家通过实践能够一一掌握。

1. 我接受我本能的欲望。

2. 我喜欢我就是我。

3. 我珍惜我的身心。

4. 我待人如关爱自己。

5. 确立我的健康计划。

6. 我了解形成我最好和最坏的人际关系的原因。

7. 我能控制我的感情。

8. 我正在从事我所喜欢的工作。

9. 我善于理财。

Chapter 5

如果你站在人生新起跑线上
当下就是人生的

黄金期

从生到死，每一个刻度都充满了乐趣，
都有属于那一刻的，那一时节的乐趣，
如果懂得了，人生就没有虚度。

人生的黄金期就是现在

“内心的平静和喜悦，你要等到何时才享受呢？明天？或者后天？是什么阻碍你此刻幸福起来？”

——释一行禅师［越南］《心中的祥和，脸上的微笑》

韩国人对年龄非常敏感，初次见面的人首先会问年龄。记者们在采访我的报道里，名字后面都会加括号写进年龄。我平时总是忘却自己的年龄，看着数字就会想：我原来到了这个岁数了。

上大学的时候，教授问我多少岁，听了我的回答后只是微笑着点点头。我留校实习后，教授又问我年龄，这回他说：“真是好时候。”我成为主治医生的时候也是相同的问题，然后还是说“真是好时候”。教授为什么屡屡问我年龄？后来我才知道答案，原来教授是想告诉我“现在的年龄就是你最好的时候”。

我在演讲时，经常说的一个主题就是“人生的黄金期就是现在”。即现在是我的一生中最为幸福的时期。对五岁来说五岁就是黄金期，对七十岁来说七十岁就是黄金期。我五岁时得了重病，但最终未死，所以我幸福；我二十岁时摆脱了妈妈对独生子的过度保护，因为自由，所以我幸福。我三十岁时经济上很困难，但是妻子和子女让我感到家庭的温暖，所以我幸福；我四十岁时工作过度劳累，但是到尼泊尔从事医疗援助，找到了新的平静，所以我幸福；回顾我的一生，可以说每个时期都很幸福，都是黄金期。有人会说：都快要老死的人了，还有什么幸福可言？但是我相信，只要大限未到，我依然活在人生的黄金期。

我有一位特别怕死的患者，他还是大学生的时候，我们就相识了。他先天体弱，对死亡抱有恐惧，以致日常生活都受到了影响。他不敢坐汽车和飞机，对食物也非常小心。下雨天他害怕雷击，刮风天他恐惧牌匾会砸到头上。他既不敢去海边，更不敢爬山。他一直接受我的治疗，恍惚中也是年过五十快退休了。果真时间是治愈病痛的良药，他的症状在岁月的冲刷下也淡了许多。有一天他这样问我：“先生，我为什么那么怕死呢？该玩的，该吃的，该看的当年都来一遍就好了。”

他是真心后悔在恐惧中浪费了许多时间。因为怕死，他不知道有没有明天，但时间还是照常流过去了。我劝他不要因后悔而浪费现在的时间。可能是有了什么领悟，他想参加我正在参与的文学爱好者活动。他担心自己的文学功底不够，我于是“命令”他这周就出席活动。

人生有“现在”和“此处”。享受幸福的时间和空间也就是现在和此处。如果不懂这个道理，眼睛只会望着他处，认为此刻自己很不幸。在大脑里，能唤出幸福滋味的物质是内啡肽。内啡肽不会因过去的幸福或未来可能的幸福而分泌出来。只有此刻我愉悦着，内啡肽才会出现。当然，有人会问：人不可能始终幸福，必有痛苦和悲伤的时刻。这个问题不能用两分法来考虑。正确的想法是：虽然痛苦和疲惫，但我依然愉悦。托尔斯泰说：“无论好与坏，只要能忠实于此刻的际遇，人生就会愉悦。”

“爱你正在做的，爱你现在的这一刻，爱你现在遇到的人。”

如果现在遇到过去问我年龄的教授，会怎样呢？他当然会问：“你今年多大岁数？”

而我会回答：“今年七十八岁了，是最好的时候。”

如果你担心，生日蛋糕上蜡烛越插越多

过完花甲后，我发现一年只有一次的生日来得越来越频繁了，生日蛋糕上的蜡烛一年比一年多。在老年时过的生日，其实很特别，不是单纯计算出生于何时，又活了多少年。成年后过的生日都很有意义，尤其老年的生日需要回味这一生是怎么活过来的。正如眼下流行的一句话，老年的生日是“剩下的时日里最年轻的一天”。

上岁数，也会被称之为“吃岁数”。如果你吃的岁数足够多，就有必要省察自己已经吃下的。有的是过饱，有的是匮乏，大抵如此。在老年的生日里，有必要如此整理自己的一生。成功和失败，做对的和做错的，还有不足的，抱憾的和羞耻的，把这些往事一一摆出来说给家人和亲友听。这相当于是把库存倒腾出来。往事积压在仓库里是毫无用处的，如果拿出来，对需要的人会是珍贵的馈赠。

当然，有些积存的往事不会成为所有人的有益教训，甚至会引起反感，但是睿智的年轻人，会打开心扉吸收为自己所用的养分。在生日这一天，如果家人和亲友聚集一堂为你祝寿，不妨如此整理你的一生。那么每年增加的蜡烛，就不会让你感到刺眼。

无论什么事，如果你想做成

年龄不应该成为限度。“我这个岁数不可能”一说出口，我们的余生就会变成等死的时间。

——李时炯［韩国］（作家）《读书的狠角儿才会生存下来》

“这么多的事，你怎么能做得过来呀？”人们经常会这么问我。我最近因为力气不支，压缩了不少事，但是仍在家庭研究所教课，仍在光明保育院照料孩子，仍在电影爱好者论坛学习，仍担任“无何文化之爱活动室”馆长以及尼泊尔文化营地团长。偶尔我会应邀去演讲，或者应邀写媒体的约稿。退休前，我担任佛教精神分析开发院院长、韩国石佛像文化研究会会长，又运营健康泉网上综合医院，提供青少年性心理咨询。

关于为什么能做这么多的事，我的回答始终是一样：“一杯水用在多个地方。”

简单说，我只有一个才能，但是用在了多个地方，结果看起来同时在做很多事情。其实，我所做的事都与精神相关。以登喜马拉雅山为契机，我从事尼泊尔医疗援助也是如此。因为经常去尼泊尔，就想把深厚的精神文化传播到韩国来，于是就成了尼泊尔文化的宣传大使。我想把宗教的治愈效果嫁接到精神治疗上，结果创办了佛教精神分析开发院。

而且我好奇“祖先们是以何种心境雕刻了石佛”。遂开始研究石佛像，这又与神经精神科的治疗深深关联。如果想施以精神治疗，不仅要了解个人的心理，而且要掌握民族集体的心理意识，而管窥集体心理意识的一个重要途径就是石佛像。佛教传入韩国历史悠久，所以石佛像记载了韩民族历代的面容。研究石佛像的喜怒哀乐，便可了解韩民族的集体心理意识。随着我寻访散落于韩国各处的石佛像，自然而然促成了韩国石佛像文化研究会的建立。我在光明保育院做义工，也不是单纯解决孩子们的衣食住问题，我还想治疗孩子们的内心创伤，结果开发出了诗歌、绘画等与儿童内心创伤的治疗相关联的多种活动和项目。

我在对一个主题关心的同时，不断向其他领域延伸，结果我做成了很多事。虽然枝叶繁茂，但根干也只有一个，我作为精神科医生通过对人心的关注，把不同的事物连接了起来。虽然看起来很多，但都是缠绕在“照料人心”这一主干上的。我没有事先的计划和目标，而是某一刻随缘而起个想做什么事的念头，接着一步一步满足好奇心的过程就自然而然地促成了一件事。当然自然而然也包括了各种困难和为了克服困难我所付出的努力，结果都是令人满意的。

说了这么多，有自卖自夸之嫌。但是做这些事我也只是开了头而已，所有的成果是属于与我共事的人。我一旦想做什么事，首先会想到能共事或者能提供帮助的人，接着我会去找比我有能力，能比我做得更好的人。而且我不会把自己的名头挂在前面，而是和共事的人齐心协力。为做成一件事大家出力最为重要，而不是标榜自己起到了什么重要的作用。

我开始想做的大部分的事情，最后都发展成很多人参与的组织。我和老伴儿退休后，组建了两个人的研究组，就是家庭研究所。精神疾患其病因大部分在于家庭。而健康社会的基础是健康的家庭。老伴儿专攻的社会学和我平生研究的精神医学，在“家庭”这个主题上产生了交集。我和老伴儿决定以这两种学科为基础，共同研究符合现代社会的正确的家庭模式。这就是创办家庭研究所的由来。此后从事其他领域的人不约而同地聚到了我们的身边，才具备了名副其实的研究所的面貌。因为我们广开门路，谁都可以参与，才使这些成为了可能。

现在家庭研究所细分为关于家庭的研究计划、青少年性心理咨询、网上精神分析治疗、父母教育、应对高龄化社会的防老战略等不同的研究组。即使我和老伴儿不在了，家庭研究所也会照常运转。家庭研究所一开始是出于想过有意义的老年生活的这个念头，最终发展成了韩国具有代表性的家庭研究团体。如果只是为了我一个人的研究，或者为了个人的名誉办研究所，那么所取得的成就肯定微乎其微。

人的一生集中做一件事也会很吃力，所以嘴上始终挂着“没时间”起早贪黑地奔波。然后挨到人生的最后阶段，恍然觉得人生如梦，一眨眼就流过去了。有效地利用好人生的时间，使其发挥最大效率的方法有两个。第一，充分利用自己的能力和好奇心，尽可能做更多的事情。第二，不要想自己一个人独立地做，尽可能得到别人的帮助。

人计划或开始做一件事，第一个疑问就是“能不能做好”。这个疑问愈强，愈要把这个疑问向大街小巷散布出去。如果你要做的事创意好，感兴趣的人自然会聚过来。而且，你会意外地发现和你抱有相同想法的人有不少。此外，要开始做一件事时，要考虑好以下几则：

第一，想做的事要从不同的角度反复多想几遍。如果只盯着一面强迫式地长时间筹划，对精神健康有伤害；

第二，考虑和多人合作的同时，也要尽可能地找自己一个人就能做的事；

第三，要找责任和义务相同的事，只有这样才不会轻易放弃。与朋友合作，一般不会轻易放弃；

第四，最好是做社会所需要的事业；

第五，做事时要尽量自控情绪，不要太过热情和固执，那样别人会感到不适；

第六，无论做什么，日子久了体力会渐渐下降，这一点事前要有心理准备；

听到我是七十八岁，很可能会认为我已经是“糟老头”了。在这个岁数还要挑头做一些什么事，想想都很吃力。这个岁数最好别折腾了，应该像腌过的白菜那样有事没事都要安静地待着。可是，我依然和不同时代的人保持沟通，这是因为我一直在与他们合作和共事。

今天早晨，弟子们为了最近成为热点的自杀问题的研究来找我。他们留下了资料，这又勾起了我的兴趣。

不要自诩懂人生

人有两种活法。一种是不相信奇迹的存在；另一种是相信奇迹时时刻刻都存在。我决定选择后一种活法。

——艾尔伯特·爱因斯坦［美国］（物理学家）

在喜马拉雅山曾经流传着关于雪人“yeti”的传说。1832年“yeti”首次被英国人目击，从此为世界所知晓。目击者说“yeti”身体高大、披黑毛、无尾、能直立行走。此后“yeti”便经常在世界媒体的头条出现。1962年在喜马拉雅雪山上发现了“yeti”的尸体，美国派科学家证实其真伪。最后，美国公布了含糊的调查结果：“毛皮和‘yeti’无关，但属于不明动物。”

喜马拉雅的居民从小就听着“yeti”的传说长大。“yeti”有隐居者和山里人的意思，体貌一半像人，一半像猩猩。据传说，“yeti”偶尔会下山到村落做些奇怪的举动让人发笑，或者帮助在高山遇险的夏尔巴人。“yeti”对于喜马拉雅居民是灵异而神秘的存在，同时又熟悉得如邻居。

可是有一天，洋人忽然来到这里要用“科学”证明“yeti”存在与否，让当地人深感困惑。“yeti”一直存在于尼泊尔人的生活和文化之中，或许只有尼泊尔人能看到“yeti”。

一位夏尔巴人说：“正如我村的人不相信尼泊尔没有的长颈鹿、狮子会存在一样，西方人也不相信雪人的存在。即使用所谓的科学方法证明了不是‘yeti’的毛皮，也不会影响夏尔巴人的信仰。”

“yeti”的毛皮，目前保存在一喇嘛寺庙中。1982 年我去尼泊尔时，一个偶然的机会摸到了“yeti”的头皮和手骨。尼泊尔人把“yeti”的头皮套在我头上，然后开心地笑着说：“确实像‘yeti’。”

“yeti”真的存在吗？这个问题我无从回答，但我尊重尼泊尔人的信仰。整整三十年了，我每年都去尼泊尔，但还不曾见过“yeti”。

“yeti”究竟存不存在？人们各执一词，我觉得人在其他方面也是如此。要么只看能看见的，要么只看想看见的，要么只信自己相信的。我治疗妄想症患者时，经常讲古希腊哲学家泰勒斯的故事。泰勒斯为了研究天文，仰头看着天空走路，结果跌进了大坑里。我是想说明这样一个道理：人应该脚踏实地，而不是踩着天空生活。患有精神疾患的人，缺乏这种验证现实的能力。我听着妄想症患者们讲述的故事，有一天忽然想到谁能保证患者们的妄想有一天不会变成现实？伽利略说地球绕着太阳转，当年不也是被叫作疯子了吗？

我的长子是研究天文学的，我是研究人的心理的。宇宙和人心，这是两个极端的不同世界，但是在充满未知这一点上，又有相通之处。我的长子作为天文学家，研究宇宙必以无限可能性为前提。如果以遥望宇宙的态度对待人生，会少犯错误，也不会被偏见所左右，而且还会活得更美好。

如果你承认这个世界仍有你所未知的，你就会待人以礼，活得更加谦逊。如果你正准备开启人生的第二幕，我就想叮嘱你这样一句：不要自诩懂人生，这世界仍有很多你未知的东西。不会因为你看不到，它就不存在。还应该谦逊些才对，只靠这一个美德，人也可以活得很美好。

如果你觉得人生沉闷而无聊

据说，笑星兼相声大家张笑八在临终前曾这样对儿子说："你知道我为什么死吗？是无聊死的。等你老了就知道了，人老了真是没事可干，无聊的要死。所以，赶紧走掉算了。"

张笑八说这番话的目的，大概不是为了说教"无事可做的老年是地狱"。他首先是作为笑星坚持他的职业范儿，再则是想安慰陷入悲痛的儿子。

人上了岁数，就没什么可害怕的了。人情世故，该阅历的都已阅历了。世上之事，仅靠努力是不行。但不努力更是不行。如果能看透人间的这个道理，那么对万事万物便可了然于胸了，当年不曾明白的，现在就该完全明白了。剩下的时间，还有什么可怕的呢？

年轻的时候，该怎么活，该做什么事，这种茫然感比死还可怕。那时候，死太遥远了。而上了岁数，能发生的最坏的事也就是死，余生该怎么活，已经引不起焦虑了。上了岁数后人活得无聊，就是因为什么都"看透了"。

可是，真正达观的老者，是诙谐和幽默的。他们从容，也懂得宽容，况且脸上始终挂着笑意。如果你觉得人生沉闷而无趣，不妨想一想，你为什么失去了幽默感呢？

不要因为忙而忽略了兴趣

如果能再活一遍，我会每周念几首诗，听听音乐。失去了这些兴趣，等于失去了幸福。

——查尔斯·达尔文［英国］（生物学家）

去年春，位于洗剑亭的家庭研究所的平台上，建了一座雅致的亭子。因为研究所依傍矮山，建筑的平台尽得山趣，所以我一直有一个好好改造利用它的想法，最后如愿了。亭子起名为“洗心亭”，可以眺望北汉山，偶尔凉爽的风穿过山后的树林吹拂过来，心神为之一爽。

去年 4 月 11 日，家庭研究所沐浴着习习春风举行了“洗心亭”挂匾仪式。“yeti 诗歌朗诵会”的会员们聚集在亭中，朗诵了创作的诗和献的诗。“yeti 诗歌朗诵会”创办于 1998 年 12 月，是诗歌爱好者的组织。“yeti 诗歌朗诵会”的会员们每月第三周的周四聚在一起，朗诵自己创作的诗歌。

同时每月一次到光明保育院给孩子们朗诵诗歌，或举办诗歌比赛，给孩子们出诗集。这种文化义工活动，已经持续进行了十五年。“yeti 诗歌朗诵会”的人希望用文学的方式来治愈孩子们内心的创伤。

有一次我去光明保育院，一个五岁的孩子欢快地跑出来抱住我，然后开始背诗。因为我说过背诵诗歌会得到奖励，这孩子就一直等我来：“千年的风雨 / 让石佛失去了眼睛和耳朵 / 还有嘴 / 可是佛依然在微笑 / 看来石头也悟到了真谛 / 不再心寂”孩子背诗如鹦鹉学舌。他现在并不懂得自己念的是什么，可是成年后一定会有所领悟，或者不久就会有所启发，让孩子走上诗人之路。

“yeti 诗歌朗诵会”的人朗诵诗歌是为社会作奉献，或者排解生活中积累下的压力。他们之中有诗人，但大部分是医生、警察等普通的职场人士，都有自己的职业。我和其他创团元老退休后更是积极参加活动。我们没有把爱诗的心藏起来，而是拿出来与人分享，以诗歌为媒介展开了丰富多彩的活动，这已经成为我们激发生活活力的一个源泉。

如果还在上医大的学生或刚参加工作的年轻医生来找我，我一定会这样叮嘱：不要把自己的全部都押到工作上去，要给自己留点儿空间。

“除了医学这个本职外，在心底至少要有一个自己能够享受的东西。”听我这么讲，弟子们就说出了藏在心底的愿望。我想旅行，我想多认识一些人，我想学一件乐器……我就接着劝：“不要推到以后，就从现在起有空就做。而且独自乐乐，不如与众人同乐，最好是多接触一些有相同兴趣的人。”

我在诊疗室积累的压力，用爬山来排解。或者读诗、画画，或者到尼泊尔的纯净的环境里把自己解放出来。在诊疗室和患者“钩心斗角”，我会身心俱疲。竖起耳朵，瞪圆眼睛，每根神经都严阵以待，我衡量“这句话该不该对患者说”，仅一两个小时的对话，我会累得筋疲力尽。精神分析的谈话治疗，需要的集中力不亚于手术。如果不是山，如果不是诗歌和绘画，我可能早就崩溃了。护士们也说，我只要从尼泊尔回来，眼睛就明亮了。

心理学家威廉认为：人希望做的事和喜欢做的事是两个概念。人不是为了快乐，而是为了升迁和薪水夜以继日地工作，这就是“希望做的事”。以为做了“希望做的事”就能幸福，这是个错觉。如果过分投入到“希望做的事”中去，很可能会失去让你真正开心和愉悦起来的“喜欢做的事”。为了让自己更大程度地获得心灵上的满足，增加更多的幸福感，应该尽力多做那些“自己喜欢做的事”。

除了本职工作外，应该有自己的追求、兴趣和爱好，会自然而然结识与我的职业无关的人。他们讲述的故事，和我经历到的世界迥然不同，这又给我增添了新的乐趣。我有意识地结交与医学无关的人，如艺术家、警察、公务员、媒体人以及普通的市民或者尼泊尔人，所以我的人际关系比较广，也比较复杂。或许有人会说我是善于交际的人，但我绝对不是。我性格内向，话很少，只是善于倾听。即使参加活动，一般的情况下我也只带耳朵去。我是想通过结识的人了解其他世界的气象，以此来调节我心里的均衡。

因为我喜欢做这些事，而且对本职工作也会产生积极的影响。本职工作随着退休而结束，而兴趣和爱好可以一直持续下去。有不少人退休后不知道做什么，用发呆和闲聊来打发时间。一些男人退休后闷在家里，结果和老伴儿发生矛盾。接着他们会埋怨“我是为谁打拼了一生”。甚至觉得虚度了一生。可以说，为了一家人打拼了一生，这是值得称赞的事。如果工作之余早就开发好了个人兴趣和爱好，即使没有了本职工作，至少在情绪上不会受到太大的打击。

那么，你的兴趣和爱好是什么呢？只要你好好地去发现和开发，就可以幸福快乐地活一生。

在我的余生，老伴儿是我最珍重的人

做得真好，不愧是你啊。你不在身边，总觉得缺点什么。有你在，真是安心多了。我相信你。对不起，是我的错。你是怎么看的？谢谢你爱我，谢谢你陪伴我一生。

——史蒂夫・史蒂文斯［美国］《我们出生，是为了重逢》

如果老伴儿先走了该怎么办呢？这个问题我以前从没有想过，可是一旦想了，就觉得胸口发闷。男性的寿命普遍比女性短，而且我浑身是病，所以想当然地认为肯定是我先走。“万一老伴儿先走呢？”我硬是给自己提出了这个问题，然后冷静分析。如果老伴儿先走，我的生活会很乱，肯定多方面都会活得不怎么如意的。首先在心理上会严重萎缩，而且会有生活上的种种不便。

即使如此，我也会坚持老伴儿在时的生活面貌。只要健康允许，我就会继续学习，并做些力所能及的事。见了亲友，我也会爽朗地笑，且不会错过和子女们定期吃晚餐。总之，我会坚持我该尽的本分，直到我也离开。我在家庭研究所开讲养老教育课时，有一条是我强调了无数次的，那就是“要对配偶离开后的生活做好思想准备”。如果我处在这种状况，我一定会努力按我所教的去做。

人活一辈子，大概会经历一百个左右的事件，其中最难以承受的，就是配偶的死去。虽然死亡会毫无预兆地来临，但是上了一定岁数，死亡已在可感知的范围之内，与配偶的死别，在一定程度上也可预期。从这个意义上讲，还是有办法减少配偶离去造成的冲击。

因为不知道谁会先离开，无论丈夫还是妻子都要做好配偶离开后的思想准备和生活准备。先走的人在那边儿过得到底怎么样无从知道，问题是还有留在这里的人。首先，配偶离开后面临的最大问题是经济问题。如果妻子的经济来源是丈夫的收入，丈夫离开了就会陷入经济上的困窘。这个问题应在经济上防老的大框架下预先做好安排。

丧偶后要经历的另一大问题在于精神情绪上。虽然在子女面前不露声色，但精神上的消极低落是不可避免的。老人丧偶后患精神疾病，尤其患忧郁症的比例非常高。男性丧偶后六个月内离世的可能性很高，而女性也很难振作起来。

丧偶和人生的其他重大危机一样，会改变性格乃至生存方式。而治愈丧偶的痛苦，历来是需要长久时间的。如果早期有意识地加强自我意识性和自主性，就可以有效地抵御包括丧偶在内的重大危机的冲击。

作为幸福养老生活的必要条件，相比子女的赡养，配偶的有无更为重要。用中国的老话说，叫“少做夫妻老做伴”，可以说此言不虚。现在人的寿命长，生活条件也好，但是，没有老伴儿独自生活的日子也是很难熬的。所以，夫妻都在世时，需一起做好适应丧偶生活的准备。尤其要培养个人爱好和兴趣，并投入到奉献社会的活动之中，以此来克服与防备丧偶的孤单生活。

我现在是快八十岁的人了，我就是再爱老伴儿，还能有几年时间呢？想到这里，顿有哽咽之感。如果我先走，我相信老伴儿仍会坚强地活下去，反之亦然。我想起未堂——徐廷柱先生写给老伴儿的诙谐诗。

我的老伴儿早晚给我倒烟灰缸。我就夸老伴儿：“杨贵妃有你漂亮吗？杨贵妃的脸是抹出来的，而你的美是天然的。”老伴儿听了开心地如五六岁的孩子。管它是天堂还是地狱，我要和老伴儿一起去逛。

在未堂先生的眼里，老伴儿比杨贵妃还要漂亮，我亦是如此。未堂先生说，哪怕是地狱，也要和老伴儿一起去逛。今天我也得夸夸我的老伴儿。总之，配偶还活着的时候我们就要做到最好，不要留下什么遗憾。

如果你认为夫妻吵架，“忍”字为上

有一次我到朋友家拜访，朋友的夫人端来饮料，但面无表情。我感受不到待客的热情，但朋友却是满不在乎的神情。看来这家子正在打冷战，我问朋友是不是有什么事。但朋友却冷静而冷淡地说没什么事啊。可我从两人的态度看出两人之间有着很深的怨恨。我想更深入地了解，并帮助朋友解决问题，却遭到了朋友的拒绝。结果，几年后，朋友就离婚了。

我当时就知道朋友的夫妻关系出了问题，但是当事人显然不想解决问题，明知出了问题，却视而不见。夫妻之间，总是会闹出这样或那样的矛盾，这才是活生生的夫妻关系。美满的夫妻不是不闹矛盾，而是会积极地解决矛盾。当然，夫妻俩动辄吵架是绝对不行的，但是一味忍耐和掩盖更是不行。忍耐是美德，这话没错，但不能解决所有的问题。如果只有忍耐，其实是把问题积攒起来，越攒越多。多成了大山那么高，自己就再也没有力气扛得动了。如果大事化小，小事化了，很多问题就被消灭在了萌芽之中。“反正说不明白就不如忍了吧”的想法，其实并不可取，最终会导致更大的问题，最终会铸成悔之晚矣的过错和遗憾。

千万不要忽略夫妻之间出现的微妙的矛盾征兆。时间解决不了夫妻间暗生的芥蒂，忍耐更是行不通的办法。如果指望矛盾自行消失，忍而不发，不进行有效的沟通，弄不好就会彻底疏远夫妻关系。

先写好遗嘱，人生会有改观

人不能带着财物离开这个世界，但可以带走回忆中的感动。而你留给下一代的，就是你的遗志。

——平野秀典［日本］《感动力》

人过世后公开遗嘱，是为了让家属们少受冲击和发生矛盾纠纷。特别是关于钱财，这是非常敏感的问题。虽然遗嘱不单单是分配遗产，但是给谁留了多少，自然是遗属们最关心的问题。遗嘱公开后，兄弟姐妹反目成仇，这样的一幕已经见怪不怪了。以为家产会留给自己，但是分给其他兄弟更多，能不生气吗？国外某亿万富翁把家产留给了宠物猫，结果儿子提起诉讼，这在海外已不再是趣闻了。

最近上年岁的人热衷于先写好遗嘱。留给家人的遗言、葬礼方式、尸体处理方法以及遗产分配方法等细则也是很多。父母一旦过世，子女们可以少受冲击，并按遗嘱可以处理得井井有条。除了有必要写好遗嘱之外，生前也可以经常说出自己的意愿，让子女们事先了解“爸妈原来有这种想法”。即父母生前的活法，这本身也可以算是一种遗嘱。

我有四个子女，出生年是挨个儿排。因为年龄是连着只差一岁，聚在一起几乎分不出大小。大概孩子们初、高中的时候，尼泊尔熟人的儿子暂时逗留我家。有一天，孩子们在说“以后谁要这个房子”，我就悄悄听着。我以为长子会说当然是我要这个房子，但出乎意料，长子并不想要，他说长大后要独立出去自己置办房子。老二也说不要，想自己找职业买房子。老三是还没有想法，老四是想到美国做汉堡包生意。这时，老三忽然宣布他想要这个房子了。在一旁听着的尼泊尔孩子就问：“你得到父亲的同意了吗？”他还说，他的父亲只在他结婚的时候会提供帮助，家产是要还给社会的。而且一家人都同意了。

这件事给了我不小的影响。此后我有空就对孩子们说：“只要你们想继续深造，学费一直给垫，但到此为止。此外你们结婚的时候每人补助五百万韩元，你们要用在最紧要的地方。”

老四听了立刻不干，说自己最亏。因为货币会贬值，物价会上涨。这种谈话还进行了多次，直到孩子们终于明白“父亲是要把家产还给社会”，继而各自才开始想：“我该怎么置办我自己的房子？我该怎样过好自己的人生？”

遗嘱是一个人过完一生后留下的最后的东西，应成为遗赠家属的最宝贵的东西。如果能留下比物质分配更有意义、更有价值的东西就更好。如果我的遗嘱已包含在平时的言行里，将来我离开后子女们就不会有愤懑和遗憾，只在纯粹的哀思中来悼念我了。

美国戏剧演员杰克·本尼死后，他的妻子每天都会接到玫瑰。她好奇究竟是谁送来的玫瑰，就给花店打了电话。结果花店老板回答说：“杰克·本尼先生留下遗言，只要夫人还活在世间，就每天送去一束玫瑰。”

杰克·本尼的夫人每天接到玫瑰，都会感受到离去的丈夫留下的真切的爱。这是非常动人的故事。一个人的遗嘱、遗言如果能像玫瑰一样留在人们的心里，其意义会更加特殊，可以说一切物质的遗产都无法与之相媲美。

特蕾莎修女留下遗言“要互爱”。虽然人们已经听惯了“爱”字，但是她的遗言足以让云集葬礼的一百五十万人掉泪。特雷莎修女一生为乞丐、流浪儿、残疾人、麻风病人等被社会遗弃者无私奉献，她的遗言就是她人生的真实写照。

如果我日常中的作为，能够体现我的遗言那是最好。我已经开始行动了，先想好并拟定我的遗言，然后就按遗言活我的余生，那么这个遗言其实首先是留给我自己的。

最后，我真得好好想一想，该留什么遗嘱了。

如果你在选择的歧路上无法决断

有一天，一位陌生的青年来找我。他说他母亲叫他来向我表示感谢。他的妈妈因为忧郁症长期服用药物，怀孕后不知道该不该打胎，于是找我咨询。据我判断，她的服药量还不至于影响胎儿，但是无法 100% 保证。我问她是不是很想生下这个孩子，她说是。于是我说："依服药量看，生下畸形儿的可能性不大，但也不能保证。如果你决定生下来，而且生出了畸形儿，那么你必须当作命运来接受。"

她反复思量后，决定生下孩子，这个孩子长大后，她就派他来感谢我。在选择的路上，她需要有人支持她的想法。其他医生都劝她打胎，而我则叫她坦诚地面对自我，好好想一想自己要的到底是什么？

如果敢于承担所有的可能性，决断就不要后悔。如果你难以下决断，不妨考虑以下几个方面。第一，最终的决定一定由我来下。第二，客观比较一下得与失。第三，分析最坏的结果会是什么。第四，要看得更远一些。第五，选择你最喜欢的。第六，先解决容易解决的那一部分。其实，要有最终决定，由自己来下的觉悟。如果清楚自己最终想要的是什么，人生就会相对轻松一些了。

我不买私家车和手机的理由

你的家境比我好上百倍，何苦还要积攒身外之物呢？当然，是有必不可少的东西。一囊书，一台琴，好友一位；鞋一双，枕头一个，透风的窗户一个，可晒太阳的门廊一个，煮茶的火炉一个，可撑老身的拐杖一个，春日出游的驴子一头。安闲度晚景，此外还需什么呢？

——金正国［朝鲜中期］（学者）

“李博士，今天没开车吗？”

“先生，您的车停哪里了？”

人们想当然认为我一定会开私家车。但是，我没有私家车，平生也没有买过一辆车。我的“车”是比奔驰还要出色的“BMW”（BUS：公交 ，METRO：地铁， WALK：步行）。我靠这个交通手段，平安无事地生活到了现在。

除了私家车，我还没有手表，也没有手机。我成了地地道道的“三无”先生。我倒不是一开始就不要这三件东西，没有这些当年我是自有原因的。首先是没有钱，虽然有人会问医生怎么可能没有钱？但是做住院医生的时候确实工资很微薄，而且要还因学费而欠下的债，所以没有余钱置办什么新东西。

结婚的时候，妻子送我一块手表。但是我做家庭教师的时候，我的那块手表让听我讲课的孩子偷出去换糖吃了。此后，我再也没有买手表。现在无论走到哪儿，抬头就能看到钟表，而且周边的人都戴着手表，如果想知道时间开口问一下就可以。还有就是我整天在医院上班，想打电话用办公室的座机就可以。哪怕外出，走几步就是公用电话亭，兜里带几枚硬币就可以。随着手机的普及，相互紧急联络有手机肯定很方便，但是真正紧急的事情，其实并不多。甚至有些事慢点知道也无所谓，提前知道后反而会备受煎熬。

我在1970年就领了驾照，这么算来我是“安全驾龄有四十四年”的老司机。驾照领得早，家境也好了许多，那么不买私家车的理由是什么呢？理由是我的性格。我是精神科医生，脑子里想的事情多，加上我是个爱思考的人，容易陷入遐思。如果我在开着车时胡思乱想，一不留神儿就容易出事故。坐出租车就简单多了，坐在后座上可以随便想什么，只需跟司机说出目的地，就等着出租车司机说“到了”，付钱下车就可以。安安稳稳地坐在老牌司机开的出租车上，既可以做手头的事，也可以集中思考，这不是很经济吗？有人会说：打车费不便宜啊。可是和购车费、保险费、维修费、油费、折旧贬值费加上我开车付出的劳动力相比，打车费要便宜得许多。而且我也不是天天坐出租车，很多时候是坐公交和地铁。

总之，因为没有轿车、手表和手机，人们把我看作老古董和原始人。子女们甚至劝说我要跟上时代的步伐，由于我坚持我的“三无”，有时给他人造成了一些麻烦。老伴儿有事时联系不到我也感到麻烦，子女们为我外出时该不该开车送而感到有精神负担。我坚决地说：“我有‘专用’的出租车，千万不要因我的眼色和需求而感到负担。”

在现代生活中，有轿车、手表和手机为“基本必需品”的说法。随着社会的发展和商业主义的神话，“基本必需品”的标准也在不断提高。冰箱刚出来时，如果哪一家率先置办了，邻居们会趋之若鹜前去观看，而今天冰箱早就成为最低必需品了，轿车、手表、手机亦是如此。

但是，“基本必需品”对我来说难道也是必需的吗？只要我不因缺这些东西而感到痛苦，就不是我所必需。人首先需要的是唯我的标准和尺度，而不是“基本必需品”。据调查，发达国家虽然人均收入翻了几番，但是幸福指数却没有增加。这说明最时尚、最潮流的冰箱、轿车、手机等并不是一定就能带来幸福感，物质和幸福既不成正比，也不存在任何内在的因果联系。

我们在生活中所纠结的和痛苦的，就是“我必须拥有的”这个想法。这倒不是指前面所罗列的东西。金钱、才能、环境如果别人都有而自己没有，人就会陷入痛苦。自责之余会拼命地想拥有，但又力所不及，这时痛苦会进一步加深。所以，一个人首先最重要的是确立有关人生、幸福那属于自己的个性标准。

我现在迫切想拥有的，是我必需的吗？因无法拥有就因而感到痛苦吗？这不妨要问问自己。这一问，会让你立刻感到明白了许多，这种“明白了”，才是最重要的。

我从事二十五年的医疗援助所知道的

那天我学到了一个微笑就足以关怀到人。之后又过去很长的时间，我又知道了一句温暖安慰的话，用它来对他人表示支持，也会成为值得感激的礼物。

——玛娅·安杰洛［美国］（女作家）

我正式从事医疗援助是在1989年。我组织了“梨花女大尼泊尔医疗服务队”，到2001年退休为止，每年寒假我都去尼泊尔为山民提供医疗服务，共进行了十三年。之后以“家庭研究所”为中心组织了尼泊尔营地，继续从事医疗援助。我的动机很简单，就因为喜欢山，所以去尼泊尔的喜马拉雅，作为医生我在尼泊尔所能做的就是医疗服务。

有时会有人夸我从事了这么多年的义务奉献很不容易，很高尚。其实，我并不喜欢“奉献”的说法。“奉献”有牺牲自己来帮助别人的意思，但我是为了让自己愉悦，所以从事医疗援助。只有我感到满足和愉悦时，才能真正帮助到别人。我的愉悦和他人的获益相辅相成时，才能称得上是“奉献”。所以我从来不简单地说去“医疗援助”，而是说去“尼泊尔营地”。

人们大抵知道活着应该做些好事情，但是如果真想做，却不是那么容易的。以后赚了钱，我会捐款。如果中了彩票，我会捐一大笔钱，也就是这类的想法。人们觉得“奉献”是一种庞大的、持续的、道德范畴的系统工程，亦可以是立竿见影的大举措。正因如此，“奉献”是说起来容易，做起来难。问临终的人一生后悔的是什么？有不少人回答做的好事还不够多。“以后，下次，赚钱后，肯定做好事，这么一来人生就流过去了。”（上岁数后，即使赚上比以前多百倍千倍的钱，但是如果对人生都没想明白，“做好事”也仍然不是那么容易，或者不会做得持久，因此，会徒增许多尴尬和困惑。）

“奉献”的关键在于，平时就做一些力所能及的好事，并坚持一生。好事不一定就是物质上的捐献，佛家所说的积善积功德，说白了就是多做好事。对人报以微笑，温暖的一句话，都是善事。而且，不让他人因我而受到伤害，也是行善的一种。这种向善的心一点一点积累起来，最终促成大善。

我去尼泊尔之前会购置一些药品，大约是一瓶一万韩元。所以我叫弟子们要么买来药品，要么捐一万韩元。结果，弟子们各个都送来一百万韩元或两百万韩元。大概他们想，为恩师做的事只掏一万韩元太失礼了。我只抽出一万韩元其余都退了回去。结果，弟子们以为恩师嫌钱少而发火了，都跑过来谢罪："老师，如果我境况再好些，以后定会多捐。"

这下我也感到困惑了，但是换角度想一想，确实有误解的可能。于是我说："你们都听好了，你们大概也都知道我每年都去尼泊尔，如果我现在收你们一百万韩元，下一回你们还肯交吗？大概你们会埋怨'又是去尼泊尔啊'，'怎么总去尼泊尔？'但是，我只收一万韩元，你们就会关心地问'老师什么时候再去尼泊尔呀？'所以只收一万韩元。"

弟子们听了，主动掏五万韩元或十万韩元。这回我都收了，因为这是他们主动捐出来的。还有一次，在政界身居高职的熟人请我吃饭。我叫他也捐点钱，他听了立刻叫秘书拿来一个信封，里面装有厚厚的一叠钱。我又是只抽出两张一万韩元后其余还给他，他也是以为我嫌钱少连说对不起。于是，我赶紧解释："我拿出的两张是你和你夫人的。行善不在于钱多钱少，而在于心意。如果总是掏大钱，好事也做不长了。"

他说，他为我的话所感动，以后年年捐一万韩元。但是他只捐了这一回，以后就没有下文了。其实，我想说的是，做好事还是不容易的，能够坚持不懈地做好事，就更不容易了。当然了，哪怕是很小的好事，如果没有诚心诚意就很难去做，当然就很难做成了。好事、善事不在于多与少，而在于心意。与其少数几个大慈善家大包大揽地行善，不如多数人拿出真心真意从小事做起，这更有利于世界变得更加美好。

我经常告诫弟子们好事要做好，需要一点一点做起。一点一点做，虽然当时看不起眼，但随着时间的积累会成就大善。做好事，作奉献，最好不要等到老后有时间了才想起来做。年富力强时做的好事，其实更有价值。不要想一定什么都具备了才想起来做好事，不因事小而不做，要想把好事做好，不要只想做一个大好事才是做好事。要根据自身情况，从力所能及的小处一点一点做起，这样会容易些。年轻的时候做起来会轻松的，到老了会很吃力。作奉献也是如此。

无用而始可与言用矣

莲花是每天早晨绽放。长夜里花瓣蜷缩着，东边日头一出就舒展开。到了傍晚，莲花已无支撑之力，就向水面垂下头来。如何变憔悴之姿而喜迎红日？莲花知道该何时退居养晦。

——郑珉［韩国］《恩师的玉篇》

梨花女大前校长金玉吉先生是非常正统的人。按当时的校长连任制，只要她愿意，可以在校长的位置上一直做到去世。可是有一天，她忽然来到教授餐厅宣布辞去校长职务。包括我在内，正在用餐的教授们听了一时都感到有点儿发懵。

金玉吉先生还诙谐地说明了辞职的理由。先生一共连任三任校长。刚当选校长时，所有人都前去祝贺，而且还有人找到校长室忠告一番。再连任时，只有夸她做得好的人前去校长室祝贺。第三次连任时，就没有人到校长室了。所以，先生说“是该退下来了”。先生有了这个想法，就立刻到教授餐厅宣布辞职，她是怕稍微再过去一段时间，自己会改变想法。

先生辞职的理由和宣布的方式，按最近的流行语来说就是“酷”。我由衷地为先生鼓掌。先生作为校长事必躬亲，兢兢业业，且知所行止，并做出了选择。世界上没有永远的位置，上班的人到年龄会退休，武林高手也有折剑的时候，林中之王如果老掉了牙，也要让位给年轻的狮子。这不是失败，而是自然的法则。金玉吉先生该做的都已经充分地做了，而且懂得该退的时机，并做出了自己的选择。她是幸福的人。忠武公李舜臣说：“丈夫生时，用则以死效忠，不用则田耕也足矣。”

在一个领域从事多年后能得以全身而退，是非常幸运的事情。无论多么努力去做，总有一天不再有创意，精力会下降，甚至一直尊重你的同事，对你的态度也会发生改变。“你看……这个老头子……还……”如果不在你身后比比画画，已经够幸运的了。

如果已经发现自己再也不能开拓进取，发现自己只是被某种惯性推动着，那就是该放手的时候到了。流水填满一个坑，然后接着往下流。放手的时机也是如此，如果觉得充分做到位了，就该挪向下一个坑。所以中国有一句名言，叫“上善若水”。能像水一样遵守规律而行，那肯定是“上善”的人生啊！

我从教职退下来三年后，弟子们给我筹办了晚餐会，我向弟子们表示感谢说：“我在教授职位的时候，确实是诸位的老师。但是退休后，我接触学问的机会少了，很少临床出诊，所以新的理论和经验方面，已经很难教诸位了。而且我以前经常讲‘我退休后诸位就是我的老师’，我想该兑现的时候到了。从今天起，诸位不是我的弟子，而是我的老师。现在是诸位最忙的时候，但仍为我牺牲了许多时间，办了如此隆重的晚餐会，诸位老师，我再三表示感谢。以后，我会做爱听老师话的模范生，今天就是我努力成为模范生的第一堂课。”

“我希望诸位看着我想象自己的未来。认为‘李根厚不行’的人，就拿我当教训；认为‘李根厚不错’的人，就以我为榜样吧。总之，以李根厚为鉴，希望诸位优雅自然地上岁数。切记老年离诸位并不远，悠悠岁月，其实近在咫尺。”

“从现在起，我从教职退下来向诸位学习。如果诸位老师诚心教我，我会成为有用的老头子。”

我发完言，弟子们立刻为我热烈地鼓掌。这个聚会结束后，我和弟子们成为了相互学习和互相帮助以及丰富知识的同仁。事实上，是弟子们给了我更多的帮助。如果我占据恩师的位子只想再去教他人，我只会成为倚老卖老的固执的老头子了。

随着岁月的流逝会不断发生变化。如果我随着变化能不断发现自己的“有用”之处，那就是老得恰到好处的证明。

如果你上岁数还贪恋“帽子”

我临近退休，接到了各种邀请。大多是一些协会和组织的主席位子。我从年轻的时候起就自由自在惯了，从来不想做头目，所以都一口回绝了。退休后我和老伴儿创办家庭研究组织，当时我的想法只是做我喜欢的事。如果不是老伴儿强调社会作用，加以组织化和系统化，就不会有今天的家庭研究所和影响力。总之，我的确缺乏作为领导的组织管理能力。

任何一个位子，都有适合它的人。所以贪恋一个位子之前，一定要想好我是不是那个适合的人。如果钻营而得之，很容易被人诟骂。我是否该坐那个位子，其实我最知道。如果是公职，在专业性和道德性上考察自己，就一定会有恰当的理性选择。

在人生的漫长旅途上，会出现多次当官任职的机会。这时需要慎重考虑，而且一旦决定去坐那个官位，就一定要负责到底。如果才疏学浅，业务不熟练且又缺乏责任感，会给很多人造成伤害，在人生履历书上也会留下污点。而且越上年纪，越要懂得及时地让位给年轻人。还有，因为你上年岁而有许多社会组织，许多什么挂名誉空衔的职位等待你，你更应该小心谨慎地对待。

朴婉绪先生的去世带来的教训

什么是成功？当你离开的时候，这个世界确实因你的出生而变得更美好了，哪怕是少许的。只要有一个人因你而过得更好，那么你的人生就是成功的。

——爱默生［美国］（哲学家）

2011 年 1 月下旬的一个早晨，我照例来到洗心亭研究室。正好有两位年轻女性前来采访我，我正准备打开话匣子。这时电话铃响了，我一接听是讣告，说作家朴婉绪先生去世了。这是悲伤的消息，我做了近五十年的精神科医生，历来以理性的尺度衡量人的喜怒哀乐，但是从不久前起陆续接到老熟人的讣告，我再也平静不起来了。我把这归结为上岁数了，尽量不露声色，但无奈心已经凉了半截。我为此而彻夜难眠，或者有时候会为一些小事而发一通火，我那不会轻易感动的心已经被撼动了。

我认识朴婉绪先生是在十多年前。我希望先生能来我做义工多年的光明保育院，为诗歌征文获奖的孩子们颁奖。我觉得孩子们如果接到著名作家的颁奖，会无比自信和自豪吧。先生虽然与我不曾谋面，但爽快答应了。此后朴先生每年必来参加颁奖仪式，为未来的作家们颁奖。有一次，有个获奖的孩子到学校夸耀从朴婉绪先生手里接过了奖状，结果他的老师听到后在他的头上拍了一下，说他撒谎。回来说这个事的孩子脸上洋溢着自豪，我也是开心得不得了。这时我真切感受到朴婉绪这个名字的分量。

朴婉绪先生第一次前来颁奖时对我说："我平生没有参加过这样的活动。我既不愿意出席什么集会，也从没有以我的名头发过奖。但唯独这个活动，我打心里喜欢。就算是为了能够长期发这个奖，我也要活得长久一些。"

我开心地望着先生那突然间袭上面颊的少女般羞涩的笑意。先生与我约好就算为了长期颁奖都要活得长久一些，接着就十多年来一直为孩子们颁奖，并且每次都给孩子们讲故事。

然而，朴婉绪先生却先我一步离开了人世。这么好的一位先生，仍然敌不过岁月。先生离开时是八十岁，按平均寿命也进入了生物学意义上该离开的年龄带了。我放下电话，就和两位年轻女士说："作家朴婉绪先生去世了。"她们听了也是大吃一惊，用哀婉的心情开始谈朴婉绪先生的人品，对朴先生的作品的感想等。我给她们讲述了同朴婉绪先生一道去尼泊尔的经历。不知不觉研究室里充溢着对朴婉绪先生暖暖的回忆。

有人会说：先生既不是家人，也不是私交很重的朋友，所以对她的离世感情上不应有这么大的反应。如果是从这种角度，我作为外人，在情感上是不该有更大的反应的。那么怎样看待他人的死亡呢？这个态度是取决于死亡当事人的人生质量。那天在研究室的三个人既不是亡者的家属，也不是亲友，而且三个人彼此也是初次见面的陌生人。但是在研究室那小小的空间里，三个陌生人在不约而同地追忆着朴先生的生平业绩，哀悼她的不幸离去。这恰好也证明了朴先生走过的人生是多么的有价值。

朴婉绪是我们韩国这个时代的大作家，她用文字描绘了浸满贫穷和战争创伤的现代史。她因车祸失去了年轻的儿子，怀着丧子之痛而顽强地活过来的朴婉绪先生是这个时代的一位伟大的母亲。我们只要一回想起朴先生羞涩而温厚的面容，心中就会升起一股暖意。如果你回想一个人时心中会温暖起来，这个人必是一位活得成功的人。因为先生给世界留下了这么好的作品，其影响力是这个时代许多韩国作家难以企及的，所以会让我们自然而然地萌生出哀悼的心情。哀悼是对最崇敬之人的最后、最好的一次送行。如果我们有灵魂的话，那么在这个世界走完人生后往往会希望到一个更大的世界，去寻觅一个新征程的新起点，这时会有很多人前来送行，当然，其心里会有多么踏实啊。

死亡确实带来许多悲伤，而悲伤是属于那些还留在这个世界上的人的。那么我死后能否让我心爱的家人少受些悲伤之苦呢？这或许也是人到老年应该做的事。但是，这一点需要在平常的日子中总结出来。“豁达地生活，语气要柔和。不倦怠，不利己……”与其成就大业绩，不如以诚实的生活态度让自己的周边更美好起来。

一个孩子问奶奶，死亡是什么？奶奶回答说：“人死后去天国。”接着孩子又问：“奶奶什么时候去？”

那么，“我该什么时候去呀？”上岁数后也该经常问自己。这个问题，最好是四五十岁起开始自问。只有如此才能具体勾画出老年生活，并且到了老年不会一味沉湎于过去。

比空气还要轻、还要柔和的朴婉绪先生就这样离去了，我们再也无法在这个世界见到她了。我望着沉浸于哀悼之情的两位陌生的女性，心里想着我人生的最后一幕会是什么样的情景，霎时也沉浸在了哀伤之中。

如果你无法割舍而不忍弃物

有一个梦想，我长久以来，就是想拥有像僧人的禅房一样一尘不染的房间。禅房是僧人结跏趺坐冥想的地方，房内陈设无所挂碍，只能与“我”独坐。间或有僧人邀请我到禅房饮茶，我始终被禅房的寂静和整洁所感动。

上了岁数后，我经常收拾我的书房。整理凌乱的书桌，把随处堆放的书重新插回书架上。我试图扔掉一些不必要的东西，但实在是难以割舍。这时我似有顿悟：该舍弃的是恋物和恋旧的心。不久前，我下决心停掉订阅的杂志。是因为眼睛不好，没办法长时间地阅读。我打算“有时间再读”，结果堆上了几个月未读的杂志。我就给《美术世界》杂志社打电话，结果说我的《美术世界》已经订了三十年了，并感谢我三十年来对《美术世界》杂志的支持和关怀，这让我瞬间不忍割弃，但还是想将这些杂志捐给杂志社存档，这让杂志社十分感动。当我放下电话后我也十分感慨，对于《美术世界》的喜爱在不知不觉中都已经三十年了，时间真是很快，我如此快刀斩乱麻地整理一次，心里也就多了一份轻松。

可是没过几周，书房里又堆满了东西。为了找资料而到处翻，不知不觉各种书籍和纸张又凌乱堆起来了。看来，想做到

“本来无一物”真的不太现实。那么我该怎么办呢？那就静下心来慢慢整理该丢弃和该留下的东西吧。我经常碰上什么都割舍不了的人。我对他们说：“那就下决心经常打扫，经常扔点小东西，那就可以了。”

为什么要充实地活在今天?

我紧握着双拳活到了现在。不过，我已经明白了我可以活得平和，犹如手掌上放着羽毛一样。我比任何时候都真切地感受到我的存在。

——伊莉莎白·库伯勒·罗斯［美国］(思想家)《人生的功课》

“我这辈子是一事无成啊……”

这句话是我一个朋友退休后的口头禅。其实，他平生教学，且又研究不辍，有多本著作问世。加上他的子女都成长为社会有用之才，无论谁看都会说他是一个成功的人生。可是，他本人总觉得这辈子缺了点什么，沉浸在虚无感里，一度患上了忧郁症。

我还有一个朋友是另一个极端。他想好好整理自己的人生，留下一个详尽的记录。他自豪地认为，无论所处环境多么恶劣，他都是认真拼搏了一生。他想死后博得人们“这个人活得真不赖”的评价。

从表面看，这两个人完全不一样，但其实都是“死后想留下点什么”，只是表现方式迥异而已。无法说这两个人孰对孰错，死后想留下身后名是人的本能。有些人是为了上族谱而努力，还有些人是为修祖坟、立石碑，或出版先人文集。退休的教授们忙于编纂退休纪念论文集，或成立研究所，都是出于相同的目的。当然在此我也得承认我本人也不能免俗。

我们在这个世界上出生，并没有说自己愿意。同样的道理，我们离开这个世界也不是出于本人的意愿。我们赤条条地来，再赤条条地去，我们想留下什么就能留下什么吗？或者我们不想留下什么，就不会留下什么吗？

我们不妨扪心自问一下死后能留下什么？如果为人类做出了很大的贡献，自然会留下不朽的名声和业绩。但是绝大多数的普通人，过着最平凡的生活，只是悄悄来了又悄悄地离去，无法在人类历史的长河中留下哪怕针眼大的痕迹。可能正因为如此，人便竭力想留下点什么。还有一些无名的人，他活过的痕迹偶然被后人发现，或者因符合时代的精神昭然于世。这些人超前于他们的时代，在当世寂寂无闻，但是后世终于发现了他们的价值。

不久前我得到一本书，是五百年前朝鲜时代的士大夫李文健所写的《养儿录》。这是一本育儿日记，详尽记录了孙子出生到十六岁的抚养过程。在《养儿录》里，李文健为孙子咿呀学步而喜悦，又为孙子不读书，不得不鞭笞其小腿以示惩罚而痛苦。朝鲜时代是儒教风气最重的时期。在大家长制的社会里，由男人而且是祖父写孙子的育儿日记，这一点非常难得而有趣。

《养儿录》里有这样的记录："小儿连夜腹泻，其色渐红。稀则如洗肉之水，黏则结粒难以排泄。我不禁忧而心悲。"

一个士大夫翻着孙子的尿布察看孙子排便的颜色，在当时是骇人听闻的。在大家长制的社会里，男女分工极其严格。但是繁文缛节拦不住士大夫祖父对孙子的爱。不仅如此，这位祖父还不顾体面一一留下了详尽的文字记录。

在《养儿录》上花这么多笔墨，是因为这本书被埋没了四百五十年，到了 20 世纪 80 年代才被学者发掘出来。通过《养儿录》，我们看到了不被制度和习俗所束缚的一位书生的生活态度。在朝鲜时代，《养儿录》是让士大夫大扫体面的文字证据，但在今天则是能窥视朝鲜时代育儿观和育儿方法的珍贵文字记录。这一事例，证明了真诚的生活态度总是能留下不被岁月所埋没的有价值的印记。

一个人的身后之名，不是刻意留下就能留下的。当后人追索我们的行迹时，如果觉得有用，才会留下。给后人留下无愧的人生，这是我们所能做而且是必须要做的。什么是无愧的人生呢？就是不被一时的观念所左右，坚持自己的信念，并按照自我的价值诚实地活出一生的风采。

母亲过世几年后，我才知道母亲常去的寺庙每年都会举行法会纪念我的母亲。这并不仅仅是因为我母亲平生做了很多善事。我大概知道我母亲很有人缘，但没有想到德望如此之高，很多陌生人都愿意在忌日纪念她。

我的身后之名不会因我的意愿而留在后世。如果有人记得我的人生，并追索我的行迹，那么自然会有所留下。或者运气好，在岁月的流逝中，我的价值也会自然浮现，并为后人所知晓。

所以，哪怕明天就要死去，今天也应该真诚地生活。不要因为自己的人生不会留下任何痕迹而感到虚无，感到沮丧。如果自然界的万物都留下自己活过的痕迹，这个世界早就乱套了。我望着巨大的喜马拉雅山脉，始终感觉人生真是太渺小了。但是回归到人的社会，我看着渺小的人们如此诚实地打拼着自己的人生，又深受感动。我觉得人有着既渺小，又比喜马拉雅山还高大的存在意义和价值。

达·芬奇曾说：“充实的一天会带来幸福的睡眠，充实的人生会带来幸福的死亡。”那么什么是幸福的睡眠？就是心中没有杂念的睡眠。不要为身后名而无谓地苦恼，更不要为粉饰“羽毛”而浪费宝贵的时间。要充实地活好今天。只有这样你才会幸福，哪怕知道明天就要死去。

执笔者的话

我用一个冬天的时间采访了李根厚先生，这三个月雪下得多，天气也很冷。每天早晨九点，先生准时到家庭研究所上班，这里既是先生的研究室，也是他的游乐场。在一个下雪天，我很早就来到家庭研究所，可以望见先生身着黑色大衣，头戴毛织的防寒帽，小心翼翼地在冰面上挪步，让我心生感动。先生的研究所位于建筑顶层，和山腰的一块岩石相邻。有一天我发现这块岩石很像先生的侧脸。在漫长的岁月里，风雨雕刻出了岩石的微笑，我自然地拟比先生安闲的笑容，结果越看越像。

先生作为精神科医生，为韩国的精神医学界做出了很大贡献。他又是德高望重的学者，培养出了无数学子，但是在我面前，他就是一位宅心仁厚的老爷爷。通过先生喷涌而出的故事，我认识了追流星的少年，面对不义勇于抗争的冲动生，而是关注人该怎样活的人生本身。我们心怀梦想致力于事业，但是缺乏关于人生态度的思考。人生态度不是地图，而是罗盘。地图只是提示抵达目的地的捷径，而罗盘是不会让人迷路。即使走入迷途，只要有罗盘，彷徨、迷乱一阵子后还是能回到正途。或者，有意绕一个大弯来欣赏域外的风景，无论身处何地，都能从容地走向目的地。

这本书，就是关于“罗盘”的故事。先生的故事真挚地向我们提问：你的“罗盘”是什么？若能明确回答，我们对人生就不会怀有惧意，面向未来就不会有茫然的不安感，而会有更多的回忆和享受。

听着李根厚先生的故事，一个冬天就这样过去了。其间有无数的人前来拜访李先生，也不断有问候的电话。先生的弟子们也是头发斑白，也是为人师表，他们拿着一摞研究资料前来听取恩师的意见。还有人郑重地送给先生自己的画作，尽管从技艺来说还属于初学者。为了听先生讲课，为了去保育院做义工，无数的人穿梭于李先生的研究室，我终于知道李根厚先生的存在本身就是力量。先生以他老去的面貌向人揭示正确的人生态度是什么，我忽然想，这就是人们所希冀的最高的人生境界吧。

我们这个时代，鼓吹不服老的理想老年，但先生是站在相反面。先生无意掩饰老态，而是充分享受当下，与竭力防老者相比，先生更愿意享受和品味上岁数的乐趣。在这一刻，我们的时间也在流逝，我分明比前一刻更老了。如果我此刻认真思考我的选择，我可以自信地勾勒我的晚年风景。

几年前，我写了一本四十岁回顾三十岁的书《三十岁时不曾知道的》。我写这本书的原因是想祝福我的不惑之年，同时给自己划定新的起跑线，但内心总是怀着四十这个数字给我带来的不安。而且周边的人开玩笑地问我什么时候出版《四十岁时不曾知道的》，这又给我的内心造成了冲击。自然而然地我开始思考该怎么对待上岁数的问题了。最后，我通过李根厚先生的“人生”找到了答案，这是我的幸运。

最后再讲李根厚先生的一则故事。我们在交谈时，先生会自己动手泡咖啡。如果没有小勺，就用咖啡包装条搅匀咖啡。先生讲述的人生故事，就是这般率直、安闲和自由。在人的心灵之海航行数十载后回港的老学者，希望读者们能通过他的人生故事领悟到单纯而简单的人生原理，以解复杂多惑的人生课题。

2012 年 12 月

金鲜景执笔